石田 祥

にゃんずトラベラー
かわいい猫には旅をさせよ

実業之日本社

実業之日本社文庫

Contents

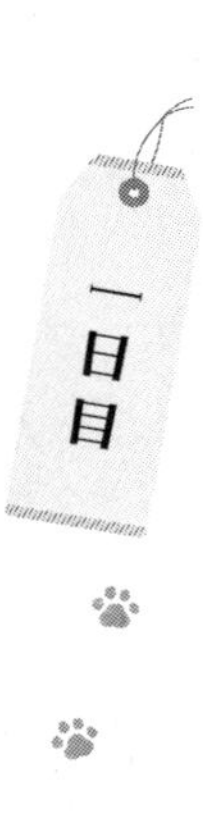

「ほら、茶々(ちゃちゃ)。バイバイせなあかんやろ。バイバイって」

ボクのご機嫌を取ろうと、千代(ちよ)ちゃんのママが話しかけてくる。

キャリーケースの蓋(ふた)は開いているので、出ようと思えばいつでも出られる。でもボクはわざとケースの奥に引っ込んで、お尻を向けていた。

「ええよ、お母さん。茶々、朝からご機嫌斜めやねん」

千代ちゃんが言った。喋(しゃべ)り方は普段と同じだけど、声は少し寂しげだ。いつもなら移動の電車内でも、ケースの窓越しに話しかけたり、ニコニコしながら見つめたりするくせに、今日はずっと素っ気なかった。

ゆうべから様子がおかしいのはわかっていた。わざとボクを見ないようにしている。意識はこっちへ向いているのに、目を合わそうとしない。

こういう時は大抵、何かあるんだ。嫌な予感というのは、猫ならそれなりに当たる。

そして不安的中。連れてこられたこの場所に、千代ちゃんはボクを置いていこうとしている。怒ってケースから出てこないのは当然ってものだ。

「じゃあお母さん。二週間、茶々のことお願いね。紅葉の時期やし、稲荷（いなり）の駅もすごい人やったわ。お店忙しいやろうけど、よろしくね」

「うん。気いつけてな。そやけどドバイか……。はあ、すごいねえ。こっちは寒くなってきたけど、向こうは暑いんやろ。水着は持った？　日焼け止めは？」

「仕事で行くんやで。遊んでる暇ないよ」

千代ちゃんと千代ちゃんママの声が遠くなっていく。この家は誰かが歩くたびに床がミシミシと音を立てる。扉が開くたびに、ギーギー、ガラガラとうるさい。

おまけに、変わった匂いがする。

今まで嗅いだことがない甘酸っぱい匂いだ。油っぽいので食べ物だと思うけど、家に入る前から漂っていた。千代ちゃんママからも匂ってきた。

ボクは人の気配が消えたのを確認して、ケースから出た。

肉球に触れるのは絨毯(じゅうたん)でもフローリングでもなく、シャリシャリした畳。ここは和室ってやつだ。ボクは毎晩のように千代ちゃんの膝の上に乗せられて、スマホで動画やSNSを見ている。なので、いいねとか、韓流ドラマとか、お買い物カゴに入れるとか、色々と詳しい。エステやディズニーランドのことも知っている。

猫にしては物知りなボクだけど、こないだの検診では生後十か月くらいですねって獣医さんに言われた。つまり千代ちゃんが好きなスマホのRPGならレベル10くらいで、まだまだ初級者だ。経験値が足りずに入れないエリアも多いけど、今日は和室ダンジョンに侵入して、畳にさわった。クエストクリア！　成功報酬ゲット！

――駄目だ、あんまりテンション上がらない。

スマホゲームなら難易度によってお楽しみがある。だけど、これは現実なのでなんにもない。

部屋全体が古くて、埃(ほこり)っぽい。畳は所々引っ掻かれて毛羽立っている。ちょっと爪を立ててみたけど、感触が好きじゃない。角っこには木の柱があって、傷だらけで黒ずんでいる。木製のタンスも古い。どちらも爪磨ぎするには硬そうなので、やめておく。猫はなんにでもバリバリすると思われがちだけど、そんなに単純じゃない。

外からの風を受けて窓ガラスがビリビリ揺れた。どこからともなくスースーと空気が流れてくる。

ボクと千代ちゃんが住んでいるマンションも常に風がそよいでいるけど、隙間からではなく、空調が付けっぱなしだからだ。窓は二重サッシで、触れても冷たくない。窓辺はボクのお気に入りの場所だ。毎朝、外を見下ろすと、ボクに向かってバイバイをする千代ちゃんと目が合う。ボクは手を振り返さないけど、ちゃんと言ってあげる。

いってらっしゃい。お仕事頑張ってね。

いい子で待ってるから、早く帰ってきてね。

これが日課だ。見送ったあとも、よく窓辺でうたた寝をする。外には出られなくても、道路を行き交う人たちや、空に浮かぶ雲を眺めているだけで充分楽しい。

でも、この家の窓には近付きたくない。ガラスが簡単に壊れそうだ。

玄関のほうから音がした。ガタガタとうるさいのはスーツケースだ。千代ちゃんが外に出たのだろう。

スーツケースは大嫌いだ。あれが登場すると、ペットホテルに預けられてしまう。どこに隠れても、絶対に連行される。それでも、こんな隙間風がピューピュー吹く古い家より、ペットホテルのほうがよかった。

いつもより長く電車に乗ってどこに連れていかれるのかと思ったら、着いた先では、千代ちゃんママが笑顔で出迎えてくれた。ママのことは、何度かマンションに泊まりに来たので覚えている。いっぱい遊んでくれたので好きだ。だけど、ママが暮らすこの家は好きになれない。

どっかイタズラできるところはないかとウロチョロしていると、背後に気配を感じた。タンスを見上げると、白地に黒のブチ模様の猫が寝そべり、ボクを見ている。

目は濃いオレンジだ。

別の猫がいることはここへ来てすぐにわかった。甘酸っぱい油に混じって、同種の匂いがしていた。たぶんボクと同じオスだ。目を細くしてこっちを見下ろしている。

先住猫はボクよりも毛が短くて一回り大きい。そしてすごく強そうだ。

「おもろい耳やな」

呟くと、タンスの上からフワリと降りてきた。前足の先を揃えて着地する。

すごい。ほとんど音もさせなかった。

ボクはあんな高いところから降りられない。ちょっとの段差でも、体がべちゃって潰れてしまう。この前もソファから降りようとして、顎(あご)から落っこちてしまった。だから千代ちゃんは分厚いラグマットを敷いてくれている。

先住猫はボクのそばまできた。近くで見ると、引き締まった体付きが益々強そうだ。

かっこいいな。

目が離せずにいると、先住猫が穏やかに言った。

「おまえの耳、ちっちゃくて折れてるやん」

そしてゆっくりと、ボクの周りを歩く。

「それに手足も短いな」

「うん。ボク、茶々だよ。折れ耳は、スコティッシュフォールドの特徴なの」

ボクの毛は茶色の縞々柄で、頭はちょっと大きく、手足は短めだ。耳もペチョっと折れている。ペットホテルや病院の待合室で他の猫を見たことがあるけど、だいたいがピンと立った三角耳だ。同じスコティッシュでも、耳が小さくて先が折れている子は少ないらしい。先住猫は折れ耳を知らないのだろう。

お互いを知るには、匂いを嗅ぐのが一番だ。情報交換のために鼻チューしてもいいよと、顔を突き出す。

でも先住猫はこっちの鼻先にはまったく興味がないらしく、お尻を畳に下ろした。

「おまえ、どっから来てん」

「えっと、大阪。あ、でも前は東京ってとこに住んでたよ。マンションで暮らしてるの。すごく高い建物なんだよ。だからお出かけする時は、ボクはいつもエレベーターで降りるんだよ」

「ふうん」と先住猫は言った。「千代は転勤ばっかりやねんな。おまえも振り回されて大変やな」

「う、うん」

このブチ模様の猫は、千代ちゃんのことをよく知っているんだ。素っ気ないけど、冷たい感じではない。

ボクがお迎えされる前、千代ちゃんはパパとママとこの家で暮らしていた。ということは、この猫も一緒だったのかな。仲間意識が湧く。

「あのね、千代ちゃん、海外に行くんだって。えっと、えっと」

どこだっけ。暑くて水着と日焼け止めがいるところ。聞いたのに忘れてしまった。もっと詳しく話そうとしたけど、その前に先住猫がフッと笑った。

「なんや。それでおまえ、ここにもらわれてきたんか」

「ち、違うよ！」

びっくりして、鼻を引っ込める。

「千代ちゃんが戻るまでの間、預けられただけだよ。すぐ帰ってくるって言ってたもん。いつもはもっと綺麗なペットホテルに泊まるんだけど、そこが改装してるから、仕方なくここへ来たんだ。ほんとはこんなところに来たくなかったもん。古いし、埃っぽいし、外もガヤガヤとうるさいし」

電車を降りたあとの周りの騒がしさを思い出して、急に不安になる。車の音、電車の音、話し声。とにかく人が多くて、色んな食べ物の匂いがした。

それにあのでっかいの。

駅を出てすぐ、ケースの窓越しに見えたのは、派手な赤色をした超特大の二本の柱だ。あんなのはネットでも見たことがない。

しかも柱と柱の間に、別の赤い柱が横倒しされていた。いびつなハッシュタグみたいだ。そのでっかいハッシュタグの間をゾロゾロと人が通っていくけど、千代ちゃんはそこをくぐらず、通りすぎた。そして少し歩くと、ボクを連れてここへ来た。千代ちゃんの実家だ。

今も、家の中にいるのに外からの音が聞こえてくる。マンションと違って、とにかく人通りが多いのだ。うるさいし、寒いし、変な匂いもする。何より、千代ちゃんがいない。

「こんなところ、来たくなかったもん。嫌いだもん」

「悪かったな、こんなとこで」

先住猫は不愛想にそう言うと、ヒラリとタンスの上に飛び乗った。黒い尻尾（しっぽ）は軽やかに流れるようだ。

ガラガラと玄関から音がして千代ちゃんママが帰ってきた。和室に入ると、ボクを見て優しく笑う。

「あら、茶々。外に出てきたんやね。ほら、影丸（かげまる）。弟ができたで。よかったな。元気出しや」

そう言うと、ママはすぐにどこかへ行ってしまった。てっきり写真を撮られるか、撫でられると思っていたので驚いた。あれ？ ボクのことさわりたくないの？ 写真は？ 写真撮らないの？

いつの間にかポツンと一匹だ。先住猫もいない。あの子は影丸っていうのか。でもいいよ。どうせすぐに千代ちゃんは帰ってくるから、そうしたらボクはまたタンスに飛び乗る姿にちょっと憧れるけど、ボクには難しそうだ。

マンションに戻って、高いところに昇れなくたって、窓から外を見下ろせるんだ。

誰もボクと遊んでくれないので、冒険することにした。ソロ活ってやつだ。

このおうちのドアは横に並んだ変な形で、段ボール紙でできているのか、引っ掻き傷がいっぱいある。ほとんど開けっぱなしなので、どの部屋へも自由に行き来できる。二階への階段をのぼろうとしたけど、段差が高すぎて無理だった。玄関も、下へ降りるには段がありすぎる。天井の照明から紐がぶら下がっていて、飛び付きたいけれどボクのジャンプ力では届かない。

つまり挑戦できるクエストはゼロ。

千代ちゃんは強い敵にはレベルを上げてから挑むタイプなので、飼い猫のボクも無理はしない。ソロ活は早々と終わりだ。

家は奇妙な造りで、玄関の反対側にはお店があるらしい。人の声と、甘酸っぱい油の匂いはそっちから流れてくる。ママは夕方になると戻ってきて、台所でご飯の用意をしている。陽が暮れると、今度は千代ちゃんのパパもやってきた。パパに会うのは初めてだ。ちょっとおなかが出ていて、ボクに笑いかける顔は千代ちゃんに似ている。

「千代の猫か。なんやえらい高そうな猫やなあ」

「スコティック？　スコ……なんとか言うてたわ」と、台所のほうからママが答える。「千代ってば大げさやねんで。出ていく時、涙ぐんでたわ」

「ほんまかいな。そやけどこの猫、まん丸な顔付きしてるな。大丈夫か、まだ子供とちゃうんか」

「見た目がそう見えるだけで、もうぼちぼち大人やって。ワクチンとかも全部済んでるし、影丸と遊ばしてもええってゆうてたわ」

「そうか。ほれ、ミコ。こっちおいで」

パパは畳にあぐらをかいて、チョイチョイと指先で掻く仕草をした。真っ直ぐボクを見ている。

「ほら、ミコ。こっち来い」

え？　もしかしてミコってボクのこと？

他にも猫がいるのかと周りを見たけど、誰もいない。パパがあまりにニコニコしているので、仕方なく空気を読んで近寄った。

「よしよし、人懐っこい猫やな」

パパはボクを組んだ足の間に乗せると、ちょっとだけ鼻先を擦り合わせてきた。

そしてテレビを見ながらコップでビールを飲んでいる。千代ちゃんの柔らかな膝と違ってゴツゴツしてるけど、なんとなく安心する。

パパが缶詰の蓋を開けた。その聞き慣れた合図に、ボクは立ち上がってテーブルに前足をかけた。

「あかんで、ミコ。これは俺のツマミやからな」

缶詰を遠ざけて、中身を指でつまんで食べる。

違うよ、パパ。それはボクの——。

ママが和室の続きにある台所から料理を運んできた。

「ちょっと、お父さん。何食べてんの」

「ん？　美味(うま)そうな缶詰があったから、ツマミに」

「それ茶々の餌(えさ)やで」

「えっ、ほんまかいな」と、パパは缶詰の横面を見た。「うえっ、ほんまや。猫の絵が描いてある。どおりで薄味やと思たわ。何々？　マグロササミ帆立出汁(ほたてだし)風味って、なんちゅう贅沢な缶詰や。しかも国産やて。おい、俺がいつも食うてる焼き鳥の缶詰は国産か？」

「知りませんよ、そんなん」

ママは笑った。テーブルの上に料理が並ぶと、二人はテレビを見ながら、ビールを飲んで、食べて、お喋りをする。

「千代も引っ越しとか出張が多いんやったら、猫もほったらかしで可哀想やなあ。ちゃんと世話できてるんか？」

「今はペットホテルとか、外から見れるカメラとかあるし大丈夫や。子供の頃からずっと家に猫がいる生活してたから、いいひんかったら寂しいんやろうね」

「そやけど、一人暮らしの女が猫飼い出したら、嫁にいきおくれるんとちゃうか？」

あ、パパ。それって千代ちゃんが聞いたら怒るやつだよ。

前にうちに遊びに来た友達が同じこと言ってた。その時は笑ってたけど、あとで怒ってたよ。寂しいから猫を飼うみたいな言い方、猫に対して失礼だって。

「何ゆうてんの、お父さん。千代はまだ二十八歳やで。そんな心配早いわ」

ママが怒ったようにジロリと睨(にら)んだ。パパはモゴモゴ言う。

「そやけど、女はちょっとでも若いほうが、ええ相手が見つかるし」

「何を古臭いことゆうてんの。せっかくええ大学出て、東京のええ会社に入って、ドバイ出張させてもらえるキャリアウーマンになったんやで。今どきは女も仕事持って、自立せんと。男の人に頼ってるだけじゃあかんよ。いざって時に困るんは、千代やねんから」

「いざって、どんな時やねん」

「いざって時は、いざって時や」

ママが不機嫌になって、パパは小さくなっている。

ボクもスーツ姿のかっこいい千代ちゃんを見るのは好きだけど、仕事が忙しくて帰りが遅いのは寂しい。おまけにこうしてよそに預けられると、キャリアウーマンってやつもほどほどがいいなと思ってしまう。

パパとママはビールを飲みながらのんびりとご飯を食べている。ボクの分はいつ出てくるのかと待っているのに、二人ともテレビに釘付けだ。

視線を感じた。顔を向けると、先住猫の影丸がこっちを見てる。台所の隅っこでピンと背筋を張って座っている。

パパとママのそばにこないのかな。目を瞬(しばたた)いて見返しても、影丸は動かない。

ボクはパパのあぐらから下りると台所へ入った。隙間風の多い家だけど、台所はさらにひんやりしている。ホットカーペットもなさそうだ。影丸のそばへ寄る。

「ねえ、影丸。ここのおうちでは人間と一緒にご飯食べないの？　ボクのご飯、いつ出てくるのかな。ボク、もうおなかが空いてるんだけど」

「俺らのメシは、オトンとオカンのがすんでからや。ここで待ってたら、そのうち出てくるわ」

影丸は冷たい床に伏せた。

いつもなら、千代ちゃんは自分の分とボクの分を一緒に用意して、同時に食べ始める。千代ちゃんが高いテーブルの上、ボクはその足元。同じ部屋の同じ空間。それがボクらの食事で、おうちによって違うと思わなかった。

そういえばここには遊び道具もない。マンションにはキャットタワーがある。簡単に上り下りできて、素材も柔らかいやつだ。おもちゃもいっぱいある。好きな物を自分で持ってこられるように、分けた箱に入っている。ソロ活中にボロボロの靴下を何足か見つけたけど、もしかしたらあれが影丸のおもちゃなのかな。

ママが台所にやってきた。影丸は立ち上がると、ママの足にすり寄っている。

「はいはい。ちょっと待っててや。茶々もええ子やな」

そう言って、流し台の下に置いてある銀色のお皿にザラザラとキャットフードを入れた。影丸はカリカリ派なんだ。

「茶々は、これでないとあかんねんな。たしか、あげる順番が決まってるとかゆうてたね」

ママは大きなカバンから缶詰を取り出すと、眉間に皺を寄せて紙を読んでいる。

「最近、ちっちゃい字が読みづらくてかなんわ。ええっと、今日は、にゃんプチプレミアムの……チキンターキー？　ターキーって七面鳥？　嘘やろ。私らでも七面鳥なんか食べたことないのに」

ママは笑いながら缶詰を開けようとしたけど、手を止めた。

「あ、そやわ。お父さんが食べかけた帆立なんちゃらがあったんやわ。あれ、食べなあかんな」

そう言うと、パパがちょっと食べてしまった缶詰を持ってきた。そして流し台の隅に置いてあったもう一つの銀色のお皿に、スプーンでこそぎ入れる。

「さあ、これでよし。二匹とも、喧嘩せんと仲良く食べや」

ママは行ってしまった。ボクがお皿の中に入ったフレークをじっと見つめていると、自分の餌をモソモソと食べていた影丸が言った。

「どうした。食わへんのか」

「今日はこれじゃない」

「これって、何や」

「このフレークは昨日食べたもん。ボクは毎日、違う缶詰食べるの」

「なんでや」と、影丸がちょっと鼻頭に皺を寄せた。

「千代ちゃんが、同じ物が続くと飽きちゃうし、栄養が偏るから駄目だって。カリカリも食べるよ。千代ちゃんの帰りが遅い時は、カリカリマシーンから勝手に出てくるの」

「ふうん」と、影丸はどうでもよさそうに自分の餌を食べ出した。「でもここでは、食べ残したからって違うもんが出てきたりはせえへんぞ」

「だけど」

「よそはよそ、うちはうちや」

台所の向こうの和室では、パパとママがテレビを見ている。ボクらに関心なさそうだ。

千代ちゃんなら、ボクが食べているか確認して、進みが悪かったら色んな物を出してくれる。でもここでは餌を食べ残しても、放っておかれるらしい。

それに、このお皿。

いつもボクが使っている餌入れは、マンションから持ってきたあの大きなカバンに入っている。丸いボウルが二個つながってて、食べやすいやつ。この銀のお皿はすぐひっくり返りそうだし、薄くて読めないけど黒い字で名前が書いてある。誰かが長いこと使ったのか、細かな傷がいっぱいだ。ちょっとため息が出た。

「他の子のお皿か……」

「いらんのやったら、俺が食うぞ」

影丸が睨んでいる。ボクは慌てて帆立出汁風味のフレークにかぶりついた。

「た、食べるよ。おなか空いてるもん」

この家では何もかも様子が違う。でもボクだって、何回もペットホテルに泊ったことがあるんだ。缶詰の順番が違ったり、自分のお皿じゃないくらい、へっちゃらだ。

影丸は餌を食べ終わって、毛繕いをしている。せっかく仲間がいるんだから、お互いペロペロ舐め合いたい。慌ててご飯を食べたけど、気が付くと影丸は台所からいなくなっていた。

仕方がないので、パパとママの間で撫でられ待ちをする。二人ともボクではなくテレビを見ている。この家では猫より、テレビのほうが人気らしい。

「それにしても、あれやな。いくら観光客にウケが悪いからって、神様の像を取り壊すなんて、バチが当たるんとちゃうかな」

パパはビールを飲みながら、つまらなさそうに言った。ママもテレビを見ているが、同じような感じだ。

「まあね。でも、あの楼門の銅像も奉納されてから四十年近く経つからね。雨垂れで色褪(あ)せてるやろ。不気味やゆうて、評判悪いらしいわ。今は映えが大事やから、古い像は写真に邪魔やねんて」

「しかし撤去ってなあ。伏見(ふしみ)稲荷大社の顔やで、あの二体は。見た目が悪くなったからって、大事にせなあかんと思うけどな。誰の思い付きや」

「稲荷存続会の婦人支部の支部長さんが言い出したらしいで」

「支部長さんって、引っ越してきてすぐに自分から立候補しはった人か？」

「そう。鶴見さん。まだ若いよ。四十前半とちゃうかな」

「よくその若さで、地域の活動に参加しようと思ったな。神社の存続会なんか、面倒くさいことばっかりやのに」

「町内に溶け込もうと一生懸命なんやろ。もっと観光客を増やすにはどうしたらええか、色々考えてはるみたい。周りの反対も強引に押し切るし、ああいうところは若いね。私らみたいにずっとここらで暮らす人間には、思い付かへんことしはるわ」

「怖いもの知らずってやつやな」

「そんな感じ。そういえば今日の午前中、お正月の縁日の件で婦人支部の集まりがあってん。その時も、鶴見さんがけったいなこと言うてはったで。白狐のお社。あれも改装しようういうて計画案を出してはったわ。なんやったっけな……。そうそう、デジタル白狐社」

「な、なんやて？」

「キツネの像はＡＩを搭載したロボットにして、アニメとＣＧを組み合わせた社で白狐が御祈禱する、そういうデジタル神社を作りたいんやって。婦人支部のみんなで白狐社を見に行ってきたけど、確かにあそこは場所が悪いから、ゴミだらけやねん。それならいっそのこと、大改革しようって」

「AIの白狐にか？　めちゃめちゃ金かかるんとちゃうんか」

「そんなたいしたもんじゃないらしいよ。聞いてるふうに相槌を打って、若い子にウケるようなことを適当に喋らせるだけで、中身なんかあらへんって。のぼりと社の外側全体をパチンコ屋みたいに派手にして、料金も電子マネーにするとか。絶対に話題になるって自信満々やったわ。話が長いから途中で帰らしてもらったけど」

「改革しすぎやろ。そら、古いもんを維持すんのは大変やけど、さすがに神様が怒らはるで。俺はそんな伏見稲荷、見たないわ」

「そうやね。ここらも随分変わって、私らが育った伏見稲荷とはもう違う街みたいやね。稲荷存続会も名前ばっかりでおざなりやし。ご近所の手前、婦人支部には参加してるけど」

「会長も長いこと不在やもんな。おまえ、立候補してみたらどうや」

「アホなこと言わんといてよ。私に務まるはずないやろ」

「はは。冗談やって。会長なんて、忙しいだけでなんの得にもならへんしな」

「……それでも誰か、伏見稲荷のことを好きな誰かが手を挙げてくれてたらよかったんやけどね。地元の人が誰もやりたがらへんのやから、色々かき回されても文句言われへんわ。再来週の像の取り壊し、わざわざ見に行かんでもええやろ。なんか、切ないしね」

パパとママはテレビに向かって、ぼんやりしている。聞いたことのない言葉がいっぱい出てきたので、ボクは自分なりに想像してみた。

白狐ってなんだろう。アニメとCGはゲームでおなじみだ。デジタル白狐社の意味はわからないけど、二人はよく思ってないみたいだ。

東京に住んでいた時、マンションの窓からパチンコ屋の看板が見えて、夜なのにチカチカと眩しかった。家全体があれになっちゃったら、周りの人だけじゃなく、中の人も眠れないんじゃないかな。婦人支部の支部長さんは、すごいことを計画してるんだな。

テレビから大きな笑い声が聞こえる。徐々にパパは笑い出し、そのうちに画面を指差して、ママと一緒に大きな声で笑う。パパがまたボクをあぐらの間に乗っけたけど、たいして撫でるでもなく、テレビに夢中だ。なんだかここに猫がいるのが当たり前みたいな、そんな感じ。

おうちは古いし、色々と違うけど、二人のことはとても好きだ。さすが、千代ちゃんのパパとママ。

構われないことに慣れていなかったけど、この距離感も悪くない。

千代ちゃんのマンションでは、夜でも車の音がしたり、すぐ下にコンビニがあるので人の声がしたりと結構うるさい。

ここは逆で、明るい時には騒がしかったのに、夜になると物音一つしない。

ボクはおうちから持ってきた毛布に包まっていた。

でも何か聞こえて、顔を上げた。耳を澄ませると微かな音がする。音のほうに行ってみると、影丸が台所の小窓から出ていくところだった。

「影丸。どこ行くの？」

「シイッ！　静かにしろ」影丸が顔だけこっちを向ける。「あっち行ってろ」

「どこ行くの？　ボクも連れてって」

「あかん。はよ寝ろ」

「やだ。ボクも行きたい」

「ふん。甘えたのくせに、来れるもんなら来てみろ」

影丸は冷たく言うと、小窓のわずかな隙間にスルリと体をねじ込んで、外に出て行ってしまった。小窓は高い位置にあるので、流し台に乗らないと届かない。二階への階段よりもずっと高くて、ジャンプしても届かない。

でも諦めない。近くにあった段ボール箱によじのぼり、流し台に張り付けてあるタオルかけに噛みついて、頑張って体を持ち上げる。ボクは甘えたじゃない。ちょっと手足が短いけど、同じ猫なんだ。これぐらいできるんだ。

なんとか流し台の上に乗ることができた。そこからスポンジ置きをつたい、小窓の縁に前足をかける。足が宙ぶらりんになってバタバタするけど、よいしょ。のぼれたぞ。やった！　二段階、いや三段階認証の高難度ミッションクリアだ。

窓の隙間から体を抜き出すと、すぐ下にはゴミ箱が置いてあった。それを足場に、と思ったら、蓋からすべって中に落ちてしまった。

「ふぎゃあ！」

ゴミ箱の中はビニール袋がいっぱいだ。ツルツルして溺れてしまう。爪が引っかかってビニールが裂けた。ビシャっと冷たい物が尻尾にかかる。

半泣きになりながら、なんとかゴミ箱から這(は)い出た。自分の体から、あの甘酸っぱい匂いがする。

「やだ、きちゃないよー」

本当はすぐに舐めて綺麗にしたいけど、今は影丸を追っかけるのが先だ。地面に降りる。

暗闇の中、足元の砂、草木がちゃんと見える。ただ夜空には何もない。星も月も分厚い雲で隠れている。

生まれて初めて一人で外出だ。ヒヤッと冷たい空気を全身で感じる。寒いけどドキドキする。家のブロック塀から出ると影丸がいた。待ってくれている。ボクは走り寄った。

「影丸。ボク来たよ」

「ふん。甘えたのくせに、なかなかやるやないか」

「えへへ」嬉しくて、モジモジしてしまう。影丸は相変わらず素っ気ない。

「ええか。今からお稲荷さんでここら辺の家猫仲間と集まるんやけど、おまえは新入りなんやから、俺の言うことをちゃんと聞くんやぞ。勝手なことしたら追い返すからな」

「お稲荷さんって、何？」

「なんや、知らんのか。しゃあないな。来い」

影丸が走り出したので、ボクも駆け出す。暗い道路に人はいない。外灯や家の明かりがポツポツ点いているだけで、ひっそりとしている。影丸はすごく早くて、あっという間に先へ行く。

「影丸、待ってよ」

一生懸命走ると、また影丸が待ってくれていた。そこは千代ちゃんに連れてこられた時に降りた駅の前だった。昼間は人が大勢いて、立ち止まってスマホを向けていた。今は夜だけど、コンビニの明かりに照らされて、みんなが何を撮っていたのか色まで見える。周りにある木の葉が赤や黄色に染まっているけど、それよりも、もっともっと鮮やかな朱色。

「これがお稲荷さん。伏見稲荷大社や」

影丸が鼻先で示した。

赤くて、巨大な柱が二本。柱と柱の上にも別の赤い柱が二本、横倒しされている。ケースの中から見るよりもずっと大きくて、すごい迫力だ。

「超特大のキャットタワー……」

「アホか」と、影丸がフッと笑った。「バチ当たりが。これは鳥居や。俺も詳しくは知らんけど、ここから先が神社の境内(けいだい)っていう意味らしい。この先の坂をのぼっていったら、本殿ゆう大きな建物がある。人間はそこで願い事するんや」

「願い事って、どんなこと？」

「さあな。よく聞くんが、商売が繁盛しますようにとか、大学に受かりますようにとかや」

「千代ちゃん、いい大学出てるよ！」

「伏見稲荷のすぐ近くに住んでるんやから、それくらいご利益があってもええやろ」

「そっか。すごいんだね。伏見稲荷にお願いすれば、なんでも叶(かな)う？　千代ちゃんが早く帰ってくるようにお願いしようかな」

「千代は今日海外に行ったばっかりやろ。途中で神様に引っ張り戻されたら可哀想やから、やめといたれ。俺のお母ちゃんが言うてたぞ。神社は信仰の象徴であって、よすがになれど、願いが叶うかどうかは人間次第やってな。なんでも叶う都合のええもんと違うそうや」

「へえ。なんだかかっこいいね」

「そうやろう。俺のお母ちゃんは賢かった」

影丸の横顔は誇らしげだ。ボクはペットショップ出身なので、自分の親や兄弟の記憶がほとんどない。お母さんの自慢をする影丸がちょっと羨ましい。

「さあ、行くぞ。待ち合わせはこの先の、千本鳥居を超えたお堂のある広場や」

「猫がたくさんいるの？」

「そうや。俺もしばらく家に引きこもってたから、集会は久しぶりや」

集会。前に千代ちゃんが友達と話していたオフ会みたいな感じだろうか。ワクワクする。神社へ入ろうとすると、手前で変な物が目に入った。

青銅色をした動物の像だ。上半身は伏せ、後ろ足と尻尾を高く上げた躍動感のある形をしている。

「ねえ、影丸。この石の猫、なんか変じゃない？」

「石の猫？　そんなん、どこに……」

影丸はボクの目線の先を見て、呆れたように言った。

「これはキツネや。神様のお使いや」

「キツネ」

キツネなら動物番組の追っかけ配信で見たことがある。

でもこの青銅っぽい像は、ちっともキツネらしくない。目が吊り上がっていて、耳が尖り、鼻先が長い。手足がムキっと筋肉質だ。尻尾は太いけど、ペルシャやラグドールみたいにふんわりではなく、肉厚って感じ。テレビで見たキツネはもう少し可愛げがあった。このキツネ像は怒っているみたいだ。

「なんだか怖そうなキツネだね」

「神様の親戚らしいからな。なんちゅうたかな。眷属やったかな」

「眷属？」

「詳しくは俺も知らん。でもあっちこっちに祀ってあるから、偉いんやろ」

影丸と一緒に、伏見稲荷の大きな鳥居をくぐる。長い坂道には細い木が同じくらいの間隔で植えられていて、整った石畳がとても歩きやすい。駆け上がるとまた銅像があった。影丸の言う通りあちこちにキツネがいて、ちょっとずつ顔形や口に咥(くわ)えている物が違う。この神社では、キツネはマスコットキャラ的な存在らしい。

「影丸。この子たちが咥えてるのって何?」

「そっちのは巻物や。さっきのやつは、稲穂やな」

石作りの階段があって、その上にはすごく立派な門がある。門というより、お屋敷だ。両側の高い台座には、赤い前かけをしたキツネの銅像が一体ずつ座っている。暗がりでも、色が斑(まだら)に煤(すす)けているのがわかる。随分と古いみたいだ。

「この子たちも何か咥えてるね」

「うん?　ああ、鍵(かぎ)と珠(たま)や」

鍵は取っ手の長い折り畳み傘、珠はテニスボールみたいだ。

どうして鍵と珠を咥えているのか不思議だったが、影丸が先へ行ってしまったので聞けなかった。門を通り抜けると、すぐに木造の大きな建物があった。高い軒の下に大きな鈴があって、太い紐がくくってある。

「影丸、あれ何？」

「本殿や。人間はあの鈴をカラコロ鳴らして、願い事するんや」

ボクも早く千代ちゃんが帰ってくるように鈴を鳴らしたいけど、早くに叶いすぎて、飛行機が途中でUターンしてしまったら大変だ。それに、あんなに頑張ってスーツケースに荷物を詰めていた。ママには濁していたけど水着と日焼け止めもしっかり入れていた。願い事は、我慢しよう。

影丸はさらに進んでいく。また石階段があった。かなりの段差で上がるのは大変だ。

「か、影丸、待って」

「はよ来い」

影丸は階段の上で待ってくれている。

ようやくよじのぼると、その先にはすごく変な道がある。鳥居を連ねたトンネルだ。入り口の鳥居ほどは大きくないけど、太い柱がズラリと続いている。なんだろう。ちょっと怖い。

影丸はボクがそう思ったのを見透かしたように言った。

「心配すんな。ただの鳥居や。俺もここに初めてきた時はまだガキで、怖かったわ。でも一人じゃなかったから、思い切って飛び込んだぞ。おまえも、今は俺が一緒やから大丈夫やろ」

影丸がボクを見た。そのオレンジ色の目は深くて優しい。

「うん。大丈夫だよ。ボク、行くよ」

「この先は二股になってるけど、真っ直ぐ走ればどっちでも広場に着く。その向こうが稲荷山や。山には入んなよ。迷ったら、とにかく坂を下って道路に出たらええ。わかったな？」

「わかった」

「よし、行くで。全力で突っ走るぞ」

「うん！」

影丸が走り出した。必死になってボクも走るけど、すぐに影丸は見えなくなる。

鳥居は朽ち果てて汚くなった物や、根元だけの物もある。

鳥居の道が二股に分かれている。今通ってきた鳥居よりも低く、人の背丈よりは高いけど、密集しているので朱色の箱みたいだ。ぽっかりと口が開いていて、まるで中から誰かが手招きしているように感じる。

怖い。

鳥居のトンネルは両方とも真っ直ぐじゃない。湾曲していて、もうどっちに影丸が行ったかわからない。後ろを振り返った。来た道は一本だから、引き返せばおうちに戻れる。

でもこの先には影丸と影丸の友達がいる。外で遊んだことがないボクは、どうしてもみんなと一緒に遊びたい。猫のオフ会に混じりたい。

二つの鳥居、どっちに行っても広場へ着くって言っていた。ボクは左の鳥居に突っ込んだ。連なる鳥居から早く抜け出そうと走っていると、先に、ぼんやりと光が見えた。広場かと思ったけど、そうじゃない。鳥居と鳥居の間が微かに光っていた。

なんだろうと足を止めて、隙間から向こう側を覗いてみる。ただの山道だ。でも確かに何か光っていた。すると白い物が見えた。

キツネだ。白い姿がぼんやり闇夜に浮かんでいる。鳥居のトンネルから外れて、藪(やぶ)の中を走っている。長く太い尻尾が光を放っていた。

「ねえ、君」

話しかけると、キツネはびっくりしたのか、こっちを向いた。白猫っていうのはよくいるけど、白キツネというのもいるんだ。全体が光っていてとても綺麗だ。

でも、目付きはさっきの銅像並みに険しい。キツネはジロリとボクを睨むと、また藪を走り出した。ピョンピョンと草むらの奥へと飛び跳ねる。

あれ？　聞こえなかったのかな。

「ねえ、君もオフ会に参加するの？」

キツネはまだ答えない。

「あのね、このトンネルを真っ直ぐ行けば広場に出るよ。ボクも参加するから、一緒に行こうよ。ボクね、新入りだから、ちょっと緊張してて」

「……やかましい」

「え？」

キツネが足を止めて、またこっちを向いた。境内の銅像よりも目を吊り上げている。

「だまれ、小僧」

「え？　え？」

すごく口が悪いけど、声の感じがメスだ。急に怒られてポカンとしていると、キツネはパッと背を向けた。

「あっ！　山に入ったら駄目だよ！」

止めるのも聞かずに、キツネは白い光をまといながら、ピョンピョンと草むらの奥へと跳ねた。ものすごく身軽だ。ボクは慌てて柱の隙間から抜け出た。藪に出ると、周りは草木だらけだ。キツネが鳥居の外柱に沿って走っていくので、そのあとを追う。

「駄目だって！　迷子になっちゃう！」

「来るな、馬鹿モンが！」

キツネが顧みて怒鳴る。めちゃくちゃ口が悪い。

すごい早さで逃げるキツネを追っていると、いきなり足場がなくなった。坂道だ。勢いがついていたので、草むらをゴロゴロ転がっていく。毛糸玉みたいに丸まって着地したのは砂地だ。広場に出たらしい。

「痛いよう」

したたかお尻を打ってしまった。しばらく起き上がれない。

「なんや、おまえ」

ドスの効いた声がした。顔を上げると、すぐそばに大きな猫がいた。他にもいっぱいいる。四、五匹がボクの周りを囲んでいる。

やった。ここが家猫仲間の集会場所だ。合流できたぞ。

でも見回しても、さっきの白いキツネはいない。あの子はここに来なかったのかな。心配だけど、鳥居の柱に沿えば道路に出られるって影丸が言っていた。迷子になってなければいいけど。

猫たちはボクを囲んで見下ろしている。みんな、目がギラギラしている。

「こんばんは。ボク、茶々だよ」

挨拶しても誰も答えてくれない。新入りだから警戒されているのかもしれない。

「えっとね……飼い主は千代ちゃんっていうキャリアウーマンで、今、海外に行ってるの。ボクはスコティッシュフォールドだよ。生後十か月なの。大阪から来て、東京にもいたことがあるよ。あとね、マンションに住んでるの」

テンパりながら、ひとしきり自己紹介をした。まだ誰も何も言わない。大柄な猫でも痩せていて、顔や毛並みが綺麗じゃない。すごく野性的だ。伏見の猫はこんな感じなんだ。影丸も少しぶっきらぼうだし、地域柄の流行りだろう。

そういえば広場には影丸がいない。

「あれ、影丸は？　ボクのほうが先に着いちゃったのかな」

「なんかおまえ、妙な匂いがするな」

近くにいた猫がボクのそばで鼻を鳴らした。不快そうに鼻頭に皺を寄せている。

「あ、シャンプーの香りかな」

「なんじゃ、そりゃ」

「フローラルブーケのいい香りがするでしょ。トリートメント入りで、サラサラになるんだよ。ボクはこのシャンプーしか使わないんだ」

言ってから、さっきゴミ箱に落っこちたのを思い出した。ゴミの汁みたいなのが尻尾に着いたままだ。

猫たちの顔付きがどんどん険しくなる。シャンプーとゴミが混ざって、臭くなってしまったのかも。そもそもこの稲荷の家猫たちはかなり野性的な感じだから、無香料派かもしれない。

「えっとね、それで影丸は？　ボクね、影丸のおうちにいるんだ。伏見稲荷を出て、すぐのおうちだよ」

「おい」と、今度は別の一匹が前に出てきた。

「え？」

「どうせ今日の奉納式の残りもん狙いやろ。ご馳走が山ほどあるからな」

猫が牙を剝き出した。シャーと喉の奥から声を出し、威嚇する。背中を高く上げ、耳を横に広げ、すごく大きく見える。元々手足が短くて、耳もペシャンコなボクの倍くらいだ。

唖然としていると、じりじりと他の猫も寄ってきた。

なんだかすごくまずい。レベチの敵に出くわしてしまったパターンだ。こういう時は初回攻撃を食らう前に退散するべきだと、スマホゲームで学んだ。世の中、ゲームのしすぎはよくないって言うけど、たまには役立つこともある。

ボクは後ずさった。そして、逃げ出した。

必死だ。足場の悪い山道を転げながら、とにかく下へ下へと向かった。

千代ちゃん、助けて！

千代ちゃん、助けて！

どこをどう走ったのかわからない。息が上がって、クラクラする。気が付いたら足元が砂利に変わっていた。境内に戻ってきたようだ。この坂を下りて神社から普通の道路に出れば、千代ちゃんの実家がある。早く帰りたくて、真っ直ぐ前だけ見ていた。

「おい」

「ぎゃっ！」

後ろから声をかけられ、ボクは飛び上がった。無意識に背中が高く盛り上がる。声の相手がどこにいるかわからず、グルグル回った。

「こっちや」

声のほうを見上げると、キツネの銅像のそばに真っ黒な猫がいた。目が影丸と同じオレンジ色で、がっしりとした体付き。さっき集会にいた猫とは毛艶が違う。いつの間に雲から顔を出したのか、月の光が猫の黒い毛に反射している。

黒猫はヒラリと軽やかに降りてきた。

「おまえ、誰や。ここらでは見かけん顔やな」

黒猫がフンフンと嗅いでくる。ああ、またボクのフローラルブーケとゴミの香りが気に入らないんだ。またシャーってされるんだ。怖くて、悲しくて、どうしようもなくなってきた。

「う……、うえええええん」

「なっ、なんやおまえ」

黒猫はびっくりしたみたいだ。ボクは悲しくて、その場でニャーニャー泣き続けた。

「やめろや。俺がいじめてるみたいやないか。なんで泣くねん。俺、なんもしてへんやろ」

「おうちに帰りたいよ。おうちに帰りたいよ」

「なんや、迷子か」黒猫は鬱陶しそうに目を細めた。「どこの子や？　飼い猫やろ」

「わかんない。神社から出て、ちょっと走ったところにあるお店だよ。甘酸っぱい油の匂いのする店。ボクの他にも猫がいるよ」

グズグズ鼻を鳴らしながら言う。千代ちゃんパパママの店の名前、影丸に聞いておけばよかった。でも少し外に出るだけのつもりだったのに、まさかこんなことになるなんて。

黒猫はまた目を細めた。

「甘酸っぱいってことは、油揚げの匂いやな。いなり寿司の店か。ここらにはめちゃくちゃあるで。逆にいなり寿司と土産モン屋しかないし。まあええ。どっちのほうから来たか、わかるか？」

「うん。たぶん」

「それやったら送ったるわ。ここらは野良が多い。特に今夜は残飯がぎょうさんあるからな」

さっきシャーしてきた猫もそんなことを言っていた。

でも詳しく聞くより、坂道を下る黒猫に付いていくので必死だ。この猫はさっきの猫たちと違って親切だ。引き締まった体が強そうだし、高いところからも軽々と降りた。何より毛並みが綺麗だ。

そうか。さっきの猫たちは野良なんだ。飼い主がいない猫と出会ったのは初めてで、変な感じがする。坂の途中でちょっとだけ振り向く。影丸が心配だ。まだ鳥居のトンネルの奥にいるのかな。あの野良猫たちと喧嘩してなきゃいいけど。

黒猫と距離が開いたので、ボクは慌てて駆け寄った。後ろから話しかける。

「ボクは茶々だよ。スコティッシュフォールドで、大阪から来たの」

「なんや、スコスコて」黒猫がチラっとだけこっちを見た。

「スコスコじゃないよ。スコティッシュフォールド。耳がペチョってなってるのは、スコティッシュの特徴なんだって」

「スコティ……、なんやて？」

「スコティッシュフォールドだよ」

「長すぎて覚えられへんわ。ステテコでええな。俺はクロや」

「ス、ステテコでもないってば。茶々だよ」

「行くで、ステテコ」

クロの足が速いので付いていくのが大変だ。しかも地面は砂利だ。さっきは歩きやすい石畳だったのに、どうやら行きとは違う道筋らしい。大きな鳥居が見えてきて、そこをくぐると普通の道路に出た。来た方向を教えると、クロはサッサと先に行く。

「こっち側で猫のいる家ゆうたら、『招きネコ屋』やな。稲荷やのにネコいう変な名前の店や。おまえ、あそこの家の新顔か？」

「今朝、預けられたの。二週間だけだよ」

千代ちゃんの実家は招きネコ屋っていうのか。影丸にちなんでつけたのかな。猫の駅長とか猫の店員とか、猫はどこでも人気者だ。不愛想な影丸がお客さんにツンしている姿を想像すると、ちょっと笑える。

「おい、ここか？」

見ると、クロが一軒の店の前に座っている。シャッターが下りていて中の様子はわからない。通りにあるのはどこも似たような造りだ。

「わかんない。こっちのほうから出たんじゃないから」

「裏に回ろか。来い」と、クロは家と家のわずかな隙間に入っていく。付いていくと、別の通りに出て、覚えのあるブロック塀が見えた。

「ここだ！　ここだよ、クロ！」

「よっしゃ。やっぱり招きネコ屋の子やったんやな」

ホッとして塀の中に入ったものの、家を見上げて愕然(がくぜん)とした。台所の窓はぴったり閉まっていて、おまけにその下にあったはずのゴミ箱もなくなっている。これではボクはのぼれない。あまりのショックにその場で固まってしまった。

「なんや、ステテコ。おもろい顔して」

「どうしよう……。窓が閉まってる」

「うん？　ああ、よくあるな。おまえが外に出てるの知らんと、家の人が閉めはったんやろ。かまへんやん。そこらへんで寝たら……」

「うえええええん」

どうしていいかわからず、ボクはまた泣いてしまった。するとクロもまたびっくりしたようだ。

「なっ、なんやねん。これぐらいで泣くなや。しゃあないな。ちょっと待っとけ。どっか開いてへんか見てきたるわ」

クロはヒラリと塀に飛び乗ると、わずかな足場を使って一瞬で家の屋根にのぼり、姿を消した。

「す、すごい」

あまりの早業にポカンとしていると、クロが戻ってきた。

「あかんな。どこもぴっちり閉まってるわ」

「そんな……。どうしよう……。うぇぇ」

「いちいち泣くなや。めんどくさいやっちゃな。しゃあないな。今日は俺んちに間借りさしたるさかい、付いてこいや」

「うぇぇ。うん」

仕方なく、ボクはクロのあとを追いかけた。段々気温が下がって、寒くなってくる。今まで病院やお出かけの時に外の空気に触れたけど、いつも昼間だったし、風が当たらないように千代ちゃんが気を遣ってくれていた。秋の夜の寒さってこういうものなんだ。道路の冷たさを肉球で感じながら、クロから離れないように一生懸命走る。でもクロがまた鳥居をくぐって神社の中に入ったので驚いた。

「クロ！　どうしてまたここに来たの？」

「あん？」と、クロが振り返った。「俺んち、神社の中にある土産（みやげ）モン屋やねん。稲荷で泉商店のクロゆうたら、ちょっとは有名なんやぞ」

クロがふふんと自慢げに笑う。

そうなんだ。有名なんだ。クロは動画配信とかしてるのかな。千代ちゃんもボクの動画をネットにアップしてるけど、フォロワー数が増えないって嘆いている。どうやったら有名になれるのか、あとで教えてもらおうかな。

クロは坂道をのぼっていく。あの立派な楼門や本堂へ続く坂とは別の道だ。商店街みたいにシャッターが並んでいる。

「ここが俺んちや」

クロに連れてこられた家は、招きネコ屋よりもずっと大きい。表はシャッターが閉まっているので、裏手に回った。裏には続きで普通の家があって、千代ちゃんの実家と似たような造りだ。

一階の小さな窓がちょっとだけ開いていて、クロは身軽に飛び乗った。ボクは庭の木とか壁とかをよじのぼって、なんとか入ることができた。もう二段階とか三段階とか、めちゃくちゃだ。ゲームなら失敗してもリセットすればいいけど、リアルだとそうはいかない。飛べるアイテムや都合のいいスキルアップは、存在しない。自分の頑張りだけがすべてだ。

——現実って、猫にも厳しいんだ。

家の中は真っ暗だ。千代ちゃんのマンションとも、パパママのうちとも全く違う匂いだ。嫌じゃないけど、慣れない匂いにはピリピリしてしまう。

「ステテコ。こっちや」

暗闇でクロの目が光る。この家も和室ばっかりで、ドアも段ボールみたいだ。伏見の家はそういうもんらしい。びっくりしたのはクロが器用に両前足でドアを開けたことだ。

「わっ、すごい。クロは自分でドアが開けられるんだね」

「ドア？　ただのふすまやろ。軽いから簡単や」

「ふうん」

何かとすごい。ふすまというドアは、千代ちゃんの実家と同じく引っ掻かれ、破れている。ボクらは庭に面する大きなガラス戸のそばまで来た。狭い板間はクロの匂いでいっぱいだ。

「ここが俺の寝床や。俺はこっちの隅で寝るから、おまえはどっか端っこのほうで寝ろ。この縁側の突き当りが便所やさかい、じいちゃんが夜中通る時に踏まれんように気をつけろよ」

そう言って、クロはボロボロの毛布にくるまった。毛玉だらけの擦り切れた毛布だ。

ボクは窓の反対側の隅っこに丸まった。くたびれた靴下が落ちていたので、それを抱き締める。床が冷たい。ホットカーペットがほしい。いつものベッドじゃなきゃ眠れない。千代ちゃんに会いたい。

千代ちゃんに会いたいよ。

ガタガタとガラス戸を風が揺らす。この家も隙間風だらけで、なかなか眠れなかった。

「お母さん、大変！　クロがお嫁さん連れてきたよ！」

千代ちゃんの声がする。

ボクは気持ちよくフワフワ揺れながら、千代ちゃんに抱っこされている。千代ちゃん、帰ってきたんだ。ドバイから帰ってきたんだ。

そうだ。思い出した。千代ちゃんの出張先はドバイだ。ドバイに行ってるんだ。

「なんや、これ。えらいけったいな猫やな」

男の人の声がして、ボクは目を開けた。大きな足がボクの上をまたいでいく。

びっくりして飛び起きた途端、肉球がすべって、床に顎を打ち付けた。

「ほんまやね。変わった猫。耳がめっちゃ小さい」

今度は千代ちゃんに似た優しい声だ。顔を上げると、女の子がしゃがんでこっちを見つめている。高校生くらいかな。制服を着ている。目が合うと、女の子の表情がパッと輝いた。

「うわ、この子、めちゃめちゃ可愛いわ。お目めクリクリや」

女の子の笑顔はお日様みたいに明るい。一瞬で、ボクはこの子を好きになった。しかも稲荷にきて初めて可愛さが認められた。嬉しくなって、とっておきのポーズをする。

前足を耳のあたりに寄せて、プンプン怒っているようなあざとポーズだ。上目遣いもしてみせる。これをすると、千代ちゃんだけじゃなくペットホテルの人も目が蕩(とろ)ける。

どう？　写真撮る？　写真撮っていいよ。

でも女の子はすぐに立ち上がって縁側から出ると、和室の続きにある板間へ行ってしまった。台所だ。背を向けて料理をしているのは、この家のお母さんみたい。狭いスペースに背の高いテーブルと椅子があって、制服の女の子はそこに座って、朝ご飯を食べ始めた。

「ねえ、お母さん。この子、飼ってええよね？」

「そやねえ。梨田さんとこにまた子猫が生まれたってゆうてたから、一匹クロのお嫁さんにもらおうと思ってたんやけど、クロが自分で連れてきたんやったらやめとこか」

「うん。じゃあ、この子をクロのお嫁さんにしよう」

「そやけど、その猫、オスとちゃうか」

さっきの男の人の声がした。どこから聞こえるのかと周りを見ると、突き当りのドアが開き、トイレを流す水音と一緒におじさんが出てきた。

ん？　なんだ、あのトイレ。

座るところが椅子じゃない。白い洗面台みたいなのが床に直接張り付いて、水がジャージャー流れている。壁はちっちゃいタイル張りで、シールがいっぱい貼ってある。

変に思っていると、急に体が宙に浮いた。おじさんがボクの首根っこを摑んで、自分の目線まで持ち上げる。

「ほら、見てみい。こいつオスやで。クロのやつ、間違えよったな」

「ええ？　マジで」と、女の子の声がげんなりする。

「なんですか、真智子。女の子がそんな口の利き方したら駄目でしょ」

女の子のお母さんは怒っている。

「はあい……。じゃあ、梨田さんとこからクロのお嫁さんのメスをもらって、その猫と三匹で飼えばいいやん」

「あかんあかん。おまえがクロ一匹で可哀想やゆうから飼ってもええ思たけど、自分で連れてきよったんやから、もうそれでええやろ」

「えー、クロの赤ちゃん、見たいやん」

「この猫かてまだ子供やろ。そやけど、こんな短い手足でネズミ捕れるんか？」

おじさんにポイと放り出され、ボクはまたグシャリと床に顎を打ち付けた。びっくりした。首根っこで持ち上げられたのも、無造作にポイされたのも初めてだ。ボクが暴力反対派じゃなければ、雑な扱いをするおじさんにシャーしてたかもしれない。おじさんはパジャマのズボンに手を突っ込んでお尻を掻いている。

「あー、二日酔いやわ。昨日の奉納式で飲みすぎた。そやけど、立派なおキツネさんやったな」

「よう言うわ」と、お母さんは台所で背中を向けながら笑っている。「グデングデンになるまで飲んで。新しいキツネさんも呆れてはるわ。真智子と二人で抱えて帰るの、大変やったんやで」

「そうやで、お父さん。町内会の人らみんな、なんかあったらドンチャン騒ぎするんやから。私は真面目やさかい、ちゃんと宮司さんの有難い話を聞いて……」

「ほら、真智子。喋ってんと早く用意しなさい。今日は体育とちゃうの。ブルマ入れたん?」

「あ、ほんまや。忘れてた」

台所ではさっきの制服の女の子とお母さんが喋っている。真智子ちゃんっていうんだ。

どうやらこの家では、もう一匹猫のお迎えを考えていたらしい。でも真智子ちゃん、大丈夫だよ。ボクはすぐに自分のおうちに帰るから、そしたらクロのお嫁さんをお迎えすればいいよ。

そういえばクロがいない。ボロボロの毛布だけが縁側の隅っこに固められている。

もしかしてお嫁さんが来ないと思って、ショックでどこかで泣いているのだろうか。

探しに行こうとした時、台所の小窓の隙間から、当たり前みたいにクロが入ってきた。

これもびっくりだ。外から帰ってきたのに、人間たちは誰も知らん顔をしている。もしボクがマンションの外に出たら、千代ちゃんは大騒ぎするだろう。警察に捜索願いを出すかもしれない。クロが寄ってきた。なんだか呆れているみたいだ。

「おまえ、ゆっくり寝てたなあ」

「え。そ、そうかな。ゆうべはなかなか寝付けなくて」

「よう言うわ。腹ひっくり返して爆睡しとったぞ。寝相悪すぎやろ」

ヘソ天のことかな。おなかを向けて寝ると千代ちゃんは喜ぶんだけどな。でもなんだか馬鹿にされそうなので言うのはやめておく。

「ねえ、クロ。ボク、おうちに帰りたいんだけど」

「おう。さっき招きネコ屋を見に行ってきたったで。もうお揚げさんの匂いしてたから、どっか開いてるやろ」

「ほんと！　やった！」

「行くで」と、クロはまた台所の窓にヒラリとのぼる。ボクも真似をした。すごいのは、本当に誰も見向きもしないことだ。真智子ちゃんのお母さんはお弁当を詰めているし、お父さんは新聞を読んでいる。真智子ちゃんは台所の奥の洗面台で前髪を巻いている。

真智子ちゃん、どうしてあんなニワトリのトサカみたいに前髪を立てているんだろう。伏見では流行りの髪型なのかな。

外へ出ると、周りはもう活気づいていた。そうか、この家は伏見稲荷の境内の中にあるんだった。たくさんお店があって、あちこちから香ばしい匂いがする。砂利の坂を下りて道路に出ると、通りにも色んな店があった。もう開いていて、人が行き交う。

招きネコ屋の表のシャッターは開いていた。中を覗こうと、木枠の古いガラス戸に前足をかけて立ち上がる。

「……あれ？」

「どした。またおもろい顔して」

クロも同じように前足を木枠にかけて、店の中を覗いた。

「ほれ、招きネコ屋のおっちゃんとおばちゃんがいるやないか。まだ開店前やな。いなり寿司作ってはるやん。甘辛いええ匂いやな。味が染みてて美味そうや」

確かに店の中では、おじさんとおばさんが三角の油揚げにご飯を詰め込み、おにぎりみたいに握っている。

「違うよ。あの人たち、千代ちゃんのパパとママじゃないよ」

「あん？　何ゆうてんねん。キツネに化かされたわけでもなし、あの二人が招きネコ屋のご主人と奥さんや。うちのお母ちゃんとよう立ち話してるから、知ってんねん。猫も中におるはずやで」

「違う……、違うよ。あの人たちは、この家の人じゃない」

なんだかすごく嫌な予感がして、ボクは後ずさりした。表から裏へと駆け回る。裏にはちゃんと家があった。昨日、千代ちゃんに連れてこられたおうちだ。甘酸っぱい油の匂いも同じだ。

それなのに、何かが違う。クロがやってきて、ボクの顔を覗き込んだ。

「なんやねん。家に入られへんのか？」

「どこも開いてへんのか？　待ってろ、入れるとこ探してきたるわ」

「クロ」

「ねえクロ。ここに白黒のブチ模様のオス猫がいるでしょ」

「ブチ？　いいや。ここの猫は茶色やで」

「嘘！」怖くなって、ボクは大きな声で言った。「影丸って猫だよ」

クロはちょっと戸惑っているみたいだ。

「嘘とか言われてもなあ。ここらの猫は家猫も野良も大抵顔見知りやけど、影丸なんてやつは知らんで」

「嘘だ！」

ボクは走り出した。来た道を戻ると、伏見稲荷に駆け込む。巨大な鳥居をくぐって長い坂道を全力で走った。影丸と一緒に走った道なのに、なぜか昨日の夜とは足裏の感触が違う。長い坂道の両側に並んでいた細い木もない。

変だ。何かが起こっている。思い付くのはあの集会場。あそこへ行けば影丸がいるかもしれない。

千本鳥居の入り口までの段差をよじのぼり、鳥居のトンネルへ飛び込む。しばらく走ると道は二股に分かれていた。どっちでもいいはずだけど、昨日と同じく左側に入った。

そういえば光るキツネを見たのもこの辺りだ。あの子はちゃんとおうちに戻れただろうか。そんな心配をしていると、鳥居のトンネルは終わり、広場へ出た。

ゆうべはよく見ていなかったけど、本殿に似た赤色の建物があり、山の木々がせり出してジメジメしている。人間も猫もいない。もしかしたらどこかに影丸が隠れていないかと嗅ぎまわったが、無駄だった。匂いも痕跡もない。

「おい」

高いところから声がした。見ると、石垣の上に数匹の猫たちがいる。

昨日の猫たちだ。

「けったいな匂いのやつが、また来よったな」

「おまえのその耳、どうなっててんねん。聞こえるんか？」

「短い足やなあ。短すぎて、頭掻かれへんやろ」

ゴミフローラルブーケを変な匂いって言った猫も、シャーって怒った猫も、次々に悪口を言ってくる。でもその中の一匹だけが、黙ってボクを睨んでいる。

小柄だけどすごく落ち着いている。

きっと、こいつがボスだ。

ボクはムカムカしていた。千代ちゃんには置いていかれるし、パパとママはどっか行っちゃうし、影丸もいない。缶詰の順番は違うし、首根っこは摑まれるし、この伏見稲荷へ来てから、嫌なことばっかりだ。

取り巻きの猫たちはまだ悪口を言っている。でもボクはそいつらを無視して、ボスっぽい猫を睨みつけた。すると、その猫がヒラリと降りてきた。茶色と黒が混ざったサビ猫だ。

近くで見るとすごく強そうだ。だけどそう見えるからって、実際に強いとは限らない。ゲームと現実は違うんだ。見た目のインパクト勝負ならこっちだって負けていない。

今まで獲得した、渾身のいいねのポーズをぶつけてやる。

「ヘソ天！」

ボクは苔（こけ）で湿った石の上に寝そべった。苔に背中をなすりつけ、クネクネとおなかを躍らせる。動画配信でいいねの獲得数がもっとも多かったこのヘソ天を見るがいい。

　次は絶対におやつがもらえるあざとポーズだ。前足をくっつけて、立ち上がってみせる。

「おねだり！」

　もっとやってやる。

「大股ひらき！　香箱座り！　アンモニャイト！　ごめん寝！」

　そして配信では好評じゃなかったけど、千代ちゃんだけが大うけしていたポーズで、ボス猫ににじり寄った。

「尻！　尻！　尻！」

　尻尾を高く上げ、尻の穴を見せつけた。息が上がって、フーフー言う。ボス猫も周りの猫たちも、声すら発しない。流れるようないいねポーズの連続攻撃に、全員が固まっている。

　だが、次の瞬間、全員が大爆笑した。

「わははは！　アホや！　こいつ、めっちゃアホや！」

　一番大笑いしているのはボス猫だ。他の猫も、のたうち回って笑っている。

「なんや、今の大股ひらきって！　アホ全開やん」

「アンモニャイトってなんなん？　アンモニャイト、アンモニャイト！　ぶひゃひゃひゃ！」

「いや、ヘソ天もだいぶキツイで。一番ひどいんは尻やけどな」

「尻！　尻！」

「尻！　尻！」

　みんなが合唱し始める。茫然とするボクのそばに、クロがやってきた。

「えらい賑やかやな。おまえ、何やらかしたんや」

「何も……」

　しばらくぼうっとしていると、ようやくみんなが笑い終えた。みんな、さっきとはまるで顔付きが違う。笑いすぎたせいかヒゲが四方八方に散っている。あれじゃあ、距離間隔が測れない。ボス猫もさっきと違って、すごく優しい顔になっている。

「なんや、クロ。このボウズ、おまえのツレか。めちゃめちゃおもろいやん」

「ツレいうか……。そやな、もうツレやな。こいつはステテコや」

「クロ、違うよ。僕は茶々……」

「ステテコ、この悪そうな顔してんのがここらを仕切ってるシマオや。顔は悪いけど気はええやつや」

「なんやそれ。褒めてんのか貶してんのか、どっちやねん」

サビ猫のシマオはフッと笑った。渋くてワイルドだ。

「まあ、ええわ。ステテコか。名前もおもろいな。よろしくな」

「ステテコ、笑かしてもらったわ」

「ステテコ、ええ仕事するやん」

猫たちが次々に言う。もう完全にステテコ認定されてしまった。仕方ない。ハンドルネームだと思おう。

「う、うん。よろしく」

一匹一匹と話すと、みんな気のいい猫だ。外で生きる猫がいることは知ってたけど、知り合いになったのは初めてだ。同じように外をうろついていても、クロとは全然違う。本格的な野良は毛並みがボサボサで、顔や体に傷があり、痩せている。

みんなが色々話してくれた。この伏見稲荷大社だけでなく、坂の下の町内や駅の向こうにも野良猫はたくさんいて、半分が捨て猫で、半分が元から野良だという。ボスのシマオは飼い猫だったけど、迷子になってそのまま帰れなくなったらしい。

神社の境内には縄張りがあって、広場はシマオとその子分猫たち。他はまた別のグループが仕切っている。迂闊に踏み込むと、ひどい目に遭うこともあるという。

「フーとかシャーされる?」

ボクが聞くと、クロとシマオは顔を見合わせた。クロが言う。

「観光客が捨ててくゴミとかお供え物は、野良の大事な食糧や。餌の確保は、死活問題やからな。俺がこいつらとうまいことやれんのは、食いモンに手を出さへんからや。おまえも盗み食いしたらしばかれるぞ」

「そんなことしないもん」

失礼なと、しかめ面になる。盗み食いどころか拾い食いだってしない。落ちてる物は食べちゃ駄目だって千代ちゃんにきつく言われてるんだから。

千代ちゃん。

思い出すと泣きそうになってきた。招きネコ屋にどうして違う人がいたのか、謎のままだ。

「どした、ステテコ?」

しょぼんと落ち込んだボクに気を遣ってくれたのか、クロが言った。

「うん……。広場へ来れば影丸に会えて、どうして千代ちゃんのパパとママがいなくなったのか、わかるかもって思ったんだ」

そうだ。千代ちゃんはあと二週間ほど待てば海外から帰ってくる。その時にパパとママ、影丸がいないと悲しむ。

なんとかしないと。ボクは顔を上げた。落ち込んでいる場合じゃない。

「ねえ、クロ。招きネコ屋には猫がいるんだよね。その猫なら何か知ってるんじゃないかな。ボク、行って話を聞いてくるよ」

「あかん、あかん」と、シマオが言った。「いなり寿司の店やろ? あそこのメス猫はだいぶ歳で、寝てばっかりや。外から呼んでも、もう返事もしようへん。招きネコ屋には代々看板猫がいてるらしいけど、ぼちぼち代替わりの時期やろうな」

「そうなんだ……」

シマオの言う看板猫は影丸のことじゃない。影丸は若くて元気だし、メスじゃない。

「ステテコ。ほんまにおまえ、招きネコ屋から来たんか？　別のとこと間違ってるんとちゃうか？」

クロに聞かれて、ボクはブンブンと首を振った。

「あの家だよ。匂いも同じ。千代ちゃんの実家だよ。二週間したら帰ってくるって言ったもん」

「ふうん。確かにお揚げさんの匂いはしてるんやけどな」

クロはフンフン、ボクの尻尾を嗅ぐ。まだあのゴミの匂いが残っているらしい。

「ステテコの飼い主はどこに行っとんのや」

シマオが聞いてきた。

「ドバイ。海外だよ。あったかいところだって」

「ドバイ？　そんな国、聞いたことないな。あったかいところ？」

シマオは首をかしげたあと、すぐに得意げに言った。

「アホやな。それ、ドバイちゃうで。ハワイやで」

「ハ、ハワイ？」

「俺は家猫やった時、金持ちのオッサンに飼われとったんや。オッサンは正月になったらハワイにいっとったわ。日本人はみんなハワイが大好きで、新婚旅行もハワイやし、芸能人も正月になったらみんなハワイに行くんや」

「シマオ、めっちゃ詳しいやん」と、クロが言う。

ドバイがハワイ？　なんか違う気がするけど、シマオは自信満々だ。

「まあな。確かハワイやったら一、二週間で戻ってくるはずや。それで日焼けしてくるんや」

「あっ！　日焼け止めがいるところだよ！」

「せやろ？　お土産はマカダミアナッツチョコレートか、ブランドもんの口紅や」

「わかったぞ、ステテコ」と、今度はクロが目を見開いた。「おまえのゆうてる千代ちゃんのおっちゃんとおばちゃんは、一緒にハワイに行ってるんや」

「え……。そ、そうかな」

仕事で海外に行った千代ちゃんを、パパとママが追っかけて行った？

確かにママは羨ましそうだったけど、そんなことするかな。それに今、お店にいるおじさんとおばさんは誰？

どうも辻褄が合わないけど、他に説明がつかない。とにかくあと二週間経てば、千代ちゃんは帰ってくる。日焼けしていたら、行き先はハワイだったってことだ。

「そろそろ千本鳥居をくぐって、参拝客がこっちまで押し寄せるで。人間はほんまお稲荷さんが好きやな」

シマオと他の猫たちが動き出す。残る猫もいれば、山に消えていく猫もいる。

クロがこそっと言った。

「こいつらの中でも、人間が平気なやつと嫌いなやつに分かれるんや。シマオは思い出話するのは好きやけど、あちこちさまよってた時は嫌な目にも遭ってるみたいで、人間に近寄らへん。平気なやつは人から餌もらいよるし、嫌いなやつは夜中にゴミ箱漁りよる。さあ、真智子はもう学校行きよったかな。俺らも帰って朝メシや」

「うん」

野良猫たちと別れて千本鳥居を抜けると、本殿の周りにはたくさんの人がいた。

「うわあ、すごいね」

「ハワイもええけど、伏見も捨てたもんやないな」

クロに続きながら、坂を上がっていく人とすれ違う。千代ちゃんと駅に降りた時には、着物姿の女の子やカップル、あとは半分が外国人だったけど、今日はおじいさんとおばあさんが多い。

色んな匂いがする。食べ物屋さんやお土産物屋さん。お店の前で何かを焼いている。すごくいい匂いだ。

「クロ、あれ何？」

「あれは伏見稲荷名物のスズメの丸焼きや」

「スズメ？」

スズメなら、マンションの窓から見たことがある。電線にズラリと何羽も止まっていて、可愛いんだけど、猫としては多少ムズムズする存在だ。もし手が届く範囲にいたら飛び付いてしまうかもしれない。

だけどさすがに丸焼きは引いてしまう。店先の網から、竹串の先が見える。普通の焼き鳥みたいに、スズメが焼かれている。かなり香ばしいので、自然と匂いの先に鼻が向く。フンフンしていると、クロが笑った。

「美味そうやろ?」

「う、うん」

「けど、あかんで。ここらにも縄張りがある。俺らがこの餌場を荒らすと喧嘩になるんや。野良のやつらは俺らと違って、何日も食えへんことがあるんやからな」

よく見ると、店と店の隙間や、屋根の上に猫がいる。警戒心むき出しの猫もいれば、ゴロゴロしている猫もいる。

ただ、どの猫もみんな汚れている。

そして誰も猫を見ない。

写真を撮るどころか、振り向きもしない。ここでは猫も人も、ボクが知っているのと違う。千代ちゃんママと同じ歳くらいのおばさんは、みんな髪型が綿アメみたいだし、千代ちゃんパパと同じ歳くらいのおじさんは、歩きながらスパスパ煙草を喫っている。伏見稲荷全体が喫煙ブースなわけないし、どうなっているんだろう。

クロの家に戻ると、台所の窓がちょっと開いていて、ボクたちはそこから中に入った。台所の奥の和室では、おじいさんが座椅子に座っている。奥からは賑やかな声がするので、お店は向こう側にあるみたいだ。真智子ちゃんと真智子ちゃんのお父さんとお母さんはいない。

台所の床にお皿がふたつ置いてあって、クロが片方を食べ出した。ボクもそれに近付いた。白いお米に魚の皮とふやけた煮干しが乗っかっている。

「クロ。これ何？」

「何って、メシや」

「でもこれ、人間のご飯だよ。人間のご飯は食べちゃ駄目っていつも千代ちゃんが言ってるよ」

「ははは。アホやな。そんなええもんちゃうわ。これは人間の朝飯の残りもんや。おまえ、猫まんま食うたことないんか？」

猫まんま。そんな缶詰、聞いたことない。フンフンと匂いを嗅いでみる。嫌な

「ねえ、ご飯の上にかかってるの、何？　にゅーるかな」

「知らん。卵ちゃうけ？　あ、やった。魚肉ソーセージの端っこ入ってるわ」

クロは美味しそうにガツガツと食べている。仕方がなく、ボクは猫まんまをひと口食べた。味が濃くて、しょっぱい。美味しくはないけど、おなかが空いているので黙々と食べる。

にゅーるをかけたカリカリが食べたい。にゃんプチが食べたい。

でも結局全部食べてしまった。夜はきっと違う物が出てくるはずだ。クロはもうガラス戸の前の板間で寝ている。日が当たって気持ちがよさそうだ。暇なので、ボクはこのおうちを探検することにした。どんな時でも探求心は必要だ。

「ねえ、クロ」

「あん？」

「これってテレビじゃないよね」

おじいさんが見ているその箱は、画面がコロコロと変わり、中から音がしている。でも千代ちゃんの家にあるテレビは壁に張り付いていて、もっと薄っぺらい。

これはまるで段ボール箱みたいだ。

クロは寝そべりながら、首だけこっちを向けた。

「テレビに決まってるやろ。おまえ、テレビ見たことないんか」

「そういうわけじゃ……」

おじいさんが手を伸ばして、画面の横にある丸い取っ手をガチャガチャと回すと、ザザザっと音がして画面が変わった。ガチャガチャするのがおもしろくてしばらく眺めていたけど、おじいさんは座ったまま寝てしまった。

もっと探検だ。

「ねえ、このクロの頭みたいなの何？　耳から尻尾生えてて、目がいっぱい」

「それは電話や。おまえ、電話も見たことないんか。どんだけ田舎モンやねん」

「これは室内物干し？」

「ぶら下がり健康器や」

「このゾウさんみたいなのは？　花柄のやつ」

「魔法瓶や」

この家にはおもしろい物ばかりだ。千代ちゃんパパママの家も変わっていたけど、こっちのほうがもっと不思議だ。

「ねえ、ねえ、クロ。じゃあこれは……」

探検が終わらない。新しいゲームが始まったみたいにワクワクする。ボクが聞くたびに、クロは面倒くさそうだけど頭だけ起こして、ちゃんと答えてくれた。

夜になると、縁側の大きなガラス戸から煌々(こうこう)と光る月が見えた。

真智子ちゃんは優しくて、ボクに毛布をくれた。押し入れから引っ張り出してきた毛布は、すごく埃っぽくてカビ臭い。変な段差のあるトイレの反対側がクロの寝床なので、ボクは和室の隅っこで丸まった。とても疲れていたので、すぐに寝てしまった。

グイグイと、頬っぺたを何かが押す。なんだかわからないけど、硬い物で押してくる。でもあまりに眠たくて目が開けられない。

「おい。お揚(あ)げ小僧」

声がする。きっと夢だ。

「起きんか。お揚げ小僧」

お揚げ小僧？　何そのダサい呼び名。だけど何度目かでハッとした。

目を開けると、白くぼんやり光っている。

キツネだ。

「フン。なんちゅう警戒心のない猫や。おまえみたいなモン、江戸時代やったら取っ捕まって三味線にされてるぞ」

やっぱり声がメスだ。頬をグイグイ押していたのは、この子の肉球らしい。ボクが茫然としていると、キツネは長い鼻筋に皺を寄せた。

「聞いてるんか、お揚げ小僧」

「ボ、ボクはお揚げ小僧じゃありません」

「だまらっしゃい。お揚げ小僧」

キツネの眼光が鋭くて、ボクは黙った。また一つ、呼び名が増えてしまった。

キツネはさっと家の中を見回した。和室に台所、真智子ちゃんたちは二階、おじいちゃんは奥の部屋で寝ている。誰もキツネが入ってきたことに気が付いていない。

「……フン。どうしてるかちょっと気にかかってたけど、うまいこと人間の家に入り込んだようやな。なかなか抜け目ないやつや」

「あのですね」

「だまらっしゃい。お揚げ小僧」

「は、はい」

キツネはジロジロとボクを眺めると、フンと大きく鼻息をついた。

「見ようによっては、なんにでも見えなくないか……。ええか？　私は来るなって警告したのに、勝手についてきたんはおまえやからな。ほんまやったら放っておいてもええんやぞ」

キツネが凄んでくる。ようやくボクは理解した。

このキツネだ。千本鳥居の分かれ道で出会ったこのキツネが、ボクをここへ連れてきたんだ。

「君は誰？　なんでこんなことするの？」

立ち上がってキツネに詰め寄ると、キツネは嫌そうに顔をしかめた。

「下がらっしゃい、お揚げ小僧」

「下がらないよ。ボクを元に戻して。千代ちゃんパパママを返してよ。パパとママがいないと、千代ちゃんが悲しむよ。千代ちゃんが悲しいのは駄目なんだ」

「落ち着け。帰りたいんやったら、私の言うことを聞くんや」

警告の次は、脅し文句だ。こういう展開、韓流ドラマなら大抵が罠だ。主人公は騙されて、窮地に追い込まれる。車ごと崖に突き落とされるとか、毒を盛られるとか、ひどい場合、銃でハチの巣だ。裏切りと復讐、財閥とドロドロがお決まりのワードだけど、何一つボクには当てはまらない。

でも、そういう平凡な主人公が巻き込まれるのが、韓流ドラマだ。だから一度見始めると簡単にやめられない。千代ちゃんがよく深夜まで見てしまって、翌朝嘆いている。後悔先に立たず、というやつだ。

ボクも、このキツネを追っかけたのを今さら悔やんでも仕方がない。渋々頷(うなず)いた。

「わかったよ。どうしたらいいの？」

「付いてこい」

キツネは何か企んでいるみたいにニヤリと笑った。やっぱり罠だ。ハチの巣にされるのかと思うと、腰が引ける。それでもボクは千代ちゃんのために行かなくてはならない。

「待て」

割って入ったのはクロだ。いつの間にか起きて、ボクとキツネの話を聞いていたみたいだ。オレンジの目が月明かりに反射している。

すごい。映画のヒーローみたいでかっこいい。

クロが強い目でキツネを睨むと、キツネはムッとしたようだ。

「なんや、おまえは」

「俺はそいつのツレや。おまえこそなんや。人んちに上がり込んで、偉そうに」

「おまえやて？　私を誰やと思とるんや」

「知らんわ。胡散臭さ満載やろ。中途半端なドーベルマンみたいな顔して、犬かキツネかどっちゃねん。それに、妙ちくりんな尻尾しやがって。なんの模様やねん。鉛筆で落書きでもされたんか」

それはボクも思っていた。

キツネの顔や体は真っ白なのに、肉厚な尻尾だけは薄い茶色の筋が入っている。縞模様というには細く、輪っかになっている部分もあり、色鉛筆で手描きしたような柔らかな線だ。

尻尾だけに柄のある猫はたまにいる。キツネにもそういう配色があるんだ。淡い茶色は優しい色で、ボクは好きだけど、他が真っ白なので妙に目立つ。

キツネはフルフルと震え出した。やばい。雷光とか出すタイプのモンスターだったか。あの分厚い尻尾に帯電して、すごい一撃を放つつもりだ。

「クロ！　逃げよう。サンダーがくる！」

「は？　サンタが来る？」

クロを押してその場から離れようとする。でもその前に、突然、キツネが顔を隠して泣き出してしまった。

「ひ、ひどい。気にしてるのに」

体から光が消えて、ただの白毛になる。発光のせいで膨張していたのか、元の大きさはクロとたいして変わらない。

「ひどいわ。尻尾の模様は私のせいちゃうのに」

キツネはさめざめと泣いている。光がなくなり、尻尾の薄茶色の筋がくっきりと浮いている。ボクはチラリとクロを見た。クロは変な匂いでも嗅いだかのように、ポカンと口を開けている。

「クロが泣かした」

「ええ？　俺か？　俺が悪いんか？」

クロはすごくバツが悪そうだ。

「な、泣かんでもええやろ。尻尾くらい別にどんなんでもええやんか。その……俺なんか真っ黒けっけで、自転車のチューブと間違われたことあるんやぞ。あんたのはフワフワしてて綺麗やん」

すると、キツネは顔を上げた。

「綺麗？」

「ああ、そうや。綺麗、綺麗。なんちゅうか、えーっと、上品やんか」

「上品……。そうか、上品か。ふうん。おまえさん、名前は？」

「俺はクロ。泉商店のクロや」

「クロか。まあええわ。無礼は許したろ」

キツネは機嫌を直したようだ。逆に得意そうに、長い鼻をツンと上向けている。

随分と気分屋みたいだ。

　クロがボクに耳打ちしてきた。

「なんやねん、こいつ。おまえの知り合いか？」

「昨日の夜、伏見稲荷の千本鳥居で会ったんだ。それから変なことが起こるようになったんだよ」

「フン」と、キツネが鼻で笑った。「おまえらみたいなモンに説明してもわからんやろうけど、私は犬でもキツネでもない。神様の眷属や。白狐を祀る社の白狐神や。どうや、ビビったか。白狐神様とお呼び」

「ビビッてへんわ。なんでおまえに様付けせなあかんねん」

「生意気なやつめが。フン、しゃあないな。それやったらおじょう様でもええわ。崇敬の意味を込めて、そう呼ばれることもあるんや。私のことは、おじょう様とお呼び」

　ボクとクロはお互いチラチラと目配せをした。

「ど、どうしよう。クロ」

「うん。こういう時は話合わせんのが一番楽や。あんまり騒ぐと奥で寝てるじいちゃんが起きるからな。こんな怪しいやつ見たら、お迎えが来たって勘違いしよるわ」

「無礼モンが」と、白狐神が鼻息荒くした。「普段は、社の彫像が私の形代や。こうやって姿を見れることがものすごい幸運なんやぞ。ほんまやったら恭しくひれ伏すべきやぞ」

　恭しくひれ伏すっていうのは、ごめん寝のことだろうか。ごめん寝ならボクの得意ポーズだ。

　白狐神はまだペラペラと喋っている。

「私がわざわざこの時代を選んで来たのには、このタイミングでしかできひんことがあるからや。おい、お揚げ小僧」

「え？　ごめん寝ですか？」

「何を言うとんのや。ええか、おまえがいた世界に戻りたいんやったら、協力しろ。難しいことやない。おまえのその特徴的な見た目が役に立つかもしれへんのや」

　得体のしれないキツネだけど、極悪ってほどには見えない。クロも同じように感じているのか、困り顔だ。

「どうする、ステテコ。乗っかってみるか？」

「うん。行くよ。それで元に戻れるなら」

「しゃあないな。付いてったるわ。ヤバそうやったら逃げるぞ」

クロがそう言ってくれたので、ホッとした。クロはヒーローみたいだ。ドラマでもゲームでも、主役は正統派のほうが安心して見られる。大体、ラストは生き残れるんだ。


ボクらは窓から外に出た。

クロの土産物屋さんは坂の裏手で、細い道を横切るとすぐに楼門がある。最初に影丸と来た夜もこの付近を通った。

「あれ？」

ボクは楼門へ上がる石階段の前で止まった。先に駆け上がっていたクロが振り返る。

「なんや。どうしたステテコ」

「なんか……前に見たのと違う気がする」

門の前の高い台にキツネの銅像が鎮座している。姿形は昨夜と一緒だ。

「なんだかこの像、綺麗になってない？」

綺麗なんてもんじゃない。ピカピカの艶々だ。月明りを受けて、夜なのに光っている。クロは二体の銅像を交互に見た。

「そらそや。これは昨日お披露目されたばっかりやからな」

「昨日？　どういうこと？」

「奉納式や。うちのお父ちゃんらがこの像の前でドンチャン騒ぎしてたんが、昨日の昼間や。式までは布で隠してあったからな。おまえが見たんはそれやろ」

「違う。ボクが見たのもこの二体だよ。丸い球と、ペンみたいなのを咥えてた」

「それは鍵や」

ボクの後ろから白狐神が言った。またぼんやりと光っている。

「左が神徳の秘鍵、右が霊徳の宝珠（ほうじゅ）や。こりゃ、鍵、珠。すましとるけど、さっきまで遊び回ってたんはバレバレやぞ。表に出てきて、挨拶せい」

白狐神はキツネの銅像に向かって喋っている。クロが呆れ気味に左右を見た。

「あのな、白キツネのねえちゃん。これは作りモン。ただの銅の塊や。よく見てみい。こんな筋肉ムッキムキのキツネなんかいるわけ……。ぎゃあ！」

クロが悲鳴を上げて飛び退いた。

左右の青銅の像が動いた。いや、像からぼんやりと光が抜け出てきた。光ははっきりとしたキツネの形となり、ググっとお尻を高く上げて伸びをした。その動きは、ボクら猫と同じだ。

「なんや、こいつら！　バケモンや！」

クロは階段を駆け下りると、二匹の白いキツネに向かって牙を剝いた。黒い毛を逆立てて、威嚇している。白狐神はフフンと嫌味っぽく笑いながら、クロの前に出た。

「そう怒りなさんな、クロ。ほれ、可哀想に。怖がってるやんか」

ボクは怒ることも怖がることもできなかった。ただ、光るキツネを見ていた。銅像の時は青鼠色だったのに、今は全身が真っ白だ。白狐神よりももっと大きく、前足は筋肉で盛り上がり、目は吊って、眉間にはハチ割れのように縦の皺がある。

キツネというより、力強い猛獣だ。

「かっこいい……」

小さく呟くと、二匹の大きな白キツネが同時にこっちを向いた。

「え？　俺ら？」

「俺らのこと、かっこいいて言うた？」

「う、うん」

白キツネは照れくさそうにニヤニヤしながら、猫がそうするように、お互いの鼻先で擦り合っている。厳つくて凜々しい銅像が、動いて、喋って、生きている。

「どうなってんねん」と、クロはまだ低い姿勢で警戒している。

白狐神は軽い足取りで階段を上がると、二匹の真ん中に座った。三匹並ぶと、月よりも眩しい。

「こいつらは昨日、この形代を得て下界に降り立った、私と同じ眷属や」

「眷属いうたら、神様の親戚みたいなもんか。これはビビったな。ただの銅の塊やと思てたのに、夜になったら自由に動けるんか」

「フフン、ようやく私のすごさがわかったか。別に夜やから動けるわけとちゃうぞ。私らは半分透き通ってるから、昼間は人の目には見えにくいだけや。その気になったら」

　白狐神の体から光が徐々に薄まる。五段階の明るさが選べるセンサーライトみたいだ。尻尾の縞もまたはっきり浮き出ている。普通の白い毛のキツネになった白狐神を、クロは怪訝そうに見ている。

「……この境内には他にも似たような像がいっぱいあるけど、俺はおまえらみたいに光るのには出会ったことないぞ」

「そらそうや。白狐は特別な時にしか姿を見せへん。普段は形代の中でじっとして、伏見稲荷だけやなく、伏見の街全体を見守ってるんや。よほどのことがない限り、外には……」

「ねえ、おじょう様」

　鍵が首をかしげた。顔付きは厳ついのに、仕草が可愛い。珠も同じように首をかしげる。

「おじょう様。俺らお山に遊びに行っていい？」

「池と滝にも行きたい。今日はもっと遠くまで遊びに行っていい？」

　二匹はソワソワして、今にも飛び出していきそうだ。白狐神は深いため息をついた。

「……よほどのことがない限り、形代の中でじっとしてるもんや。おまえらは生まれたばかりで、力が有り余ってる。見る物すべてが新鮮で、興味津々やろう。でもな、鍵、珠。白狐は神聖なもんや。そう簡単に表に出てきたらあかん。人間が私らの姿を見たら、信仰は深まるやろう。奇跡や神様の力を信じるようになる。でもそれではあかんのや。見たから、信じるではあかんのや」

「うん、うん。わかった。俺ら、すぐ帰ってくるよ」

「ちょっと行ったら、帰ってくるし」

鍵と珠はチラチラと山のほうを見ている。ボクは小声でクロに言った。

「なんだかこの二匹、子供みたいだね」

「昨日生まれたとこらしいからな。白キツネのねえちゃんの話、全然聞いとらへんやん」

「だから！」と、ちっとも落ち着きのない鍵と珠に、白狐神がキレた。「ウロチョロすな言うてんのや！　ただでさえおまえらはでっかくて目立つんや。あんまり調子に乗ってたら、神様に怒られるぞ！　見ろ、こいつの姿を！」

白狐神がいきなりこっちを目で指した。

「え？　ボク？」

「こいつは、ひと昔前は私らと同じ白狐やったんや。私の忠告を聞かず、形代から抜け出て遊び惚けてたために、神様がバツを下したんや。頭に乗っかってるのは、油が回りすぎて酸化した油揚げや。夜な夜なお供え物のいなり寿司をこっそり盗み食いしてたせいで、こんな頭にされてしもたんや。どうや？　寸胴で頭でっかち。おまけに油臭い。おまえらもイタズラがすぎると、こんなおもしろい姿にされてしまうんやぞ」

ひどい。

ディスられすぎて、怒る気にもならない。

折れ曲がった耳は自分らしさの象徴だ。手足と胴体だって、このアンバランスさが絶妙だってみんな言うのに。もし神様に姿を変えられたとしたって、これじゃ可愛らしすぎて、バツにはならない。

どうやら白狐神は二匹におとなしくしてほしいようだ。眷属というのは、外には出ずに銅像の中で周りを見守る。だが見た目は立派でも中身が幼い鍵と珠は、ケージから出たい子猫並みに、じっとしていられないみたいだ。

白狐神はまだガミガミと鍵と珠に怒っている。二匹はボクを見て、ヒソヒソと言った。

「あの子、猫じゃないの？」

「あんな猫、いないよ」

「頭にお揚げさん乗ってるんやって。おかしいな」

「ぷぷ。おかしいな。酸化してるお揚げさんって、どんな味やろ」

「きっとまずいよ。ぷぷぷ」

こっちもひどい。ボロカスだ。

「ステテコ、おまえ、そんな過去が……」

クロも憐れむような目で見ている。

違う、違う、違う。

めちゃくちゃ否定したいけど、協力しないと元には戻れない。だったらこの際、プライドは捨てて、とことんやってやる。おどろおどろしさなら、やっぱりジャパニーズホラーだ。廃村とか井戸とか、おばあさんが包丁を振りかざして追っかけてくるとか、陰湿なジメジメ感が癖になる。

千代ちゃんは何か嫌なことがあった時にあえてホラー映画を観る。そうしたら怖くて、嫌なことは忘れてしまえるらしい。素晴らしい解消方法だ。

「ふふふ」

低く笑うと、鍵と珠、そしてクロと白狐神もこっちに注目した。

「そうだよ。ボクが頭に乗せているこの油揚げは、もうめちゃくちゃ酸っぱくて、ドス黒く変色して、おまけに変な汁が垂れてくるんだよ。拭いても拭いても、変な汁が垂れてくるのさ。ちょっとさわっただけで、ネトネトのギトギトだよ」

鍵と珠が顔を見合わせた。

「変な汁」

「ネトネトのギトギト」

「君らも、イタズラがすぎると油揚げを頭に乗っけられるよ」

ベタな呪いのセリフっぽく言ってみると、鍵と珠はすごく嫌そうな顔をした。

どうやら効果ありみたいだ。

クロもあんぐりと口を開け、白狐神は自分から言い出したくせに若干引き気味だ。

「そ、そうやで、鍵、珠。油揚げ頭にされんのが嫌なら、眷属らしく、私と同じように伏見稲荷を見守るんや。黙って、静かに。この先、伏見稲荷がどんなに変わってしまってもな。それがおまえらのお役目や」

白狐神が言った。ちょっと引きつっているけど、最後は寂しげな感じだ。鍵と珠は居心地悪そうにモジモジした。

「油揚げ頭は嫌や。でも、おじょう様。俺ら、もうちょっと遊びたい」

「まだお山の一番上までのぼってないもん。おじょう様、行ったらあかん？」

「おまえらな」と、白狐神がボクのほうをチラリと見た。「ええんか？　酸化して酸っぱくなった油揚げやぞ」

「うう、それは」

「それは嫌や」

二匹はしょぼんと肩を落として、大きな体もひと回り小さく見える。ちょっと脅かしすぎたかな。なんだか可哀想に思えた。白狐神もきまりが悪そうだ。

「ねえ、キツネさん」

「おじょう様や」

「えーっと、おじょう様」

「なんや。お揚げ小僧」

「光らない姿なら、そんなに目立たないんじゃない？　もう夜中だし、山を駆け回るくらいなら誰にも見られないよ」

「なんや、おまえ。こいつらの味方すんのか」

「鍵と珠」ボクは二匹に話しかけた。「すぐに帰ってくるよね？　おじょう様の言うように、それぞれのお役目も大事だよ」

　猫には猫の、眷属には眷属の役目がある。

　ボクの役目は毎朝、千代ちゃんにいってらっしゃいと言うこと。帰ってきたら、玄関までお迎えすること。お酒を飲む時に、黙ってそばにいてあげること。あとは、好きなだけおなかを吸わせてあげること。

　詳しくはわからないけど、鍵と珠にも役目があるんだろう。

「うん、帰ってくる。お山の上までのぼったら、帰ってくるよ」

「うん、うん。俺ら、一緒に帰ってくるし」

二匹は期待のこもった目をして、今にも弾けそうなほどウキウキと肩を揺らせている。

白狐神はしばらく硬く口を結んでいたが、ため息をついて頷いた。途端に二匹は眩しく光り、ゴムボールのように跳んだ。すごい早さで山のほうへ走っていくが、勢いあまってゴミ箱や積んだ荷物を倒していく。

姿が見えなくなったあとには、ゴミが散乱していた。

「めっちゃ迷惑なやつらやん。しかもビカビカに光ってたし」

クロが呆れている。白狐神はジロリとボクを睨んだ。

「こら、お揚げ小僧。余計なこと言いおって」

「うん。でも、気持ちがわかるんだもん。ボクも新しい場所に来たら、ワクワクして冒険したくなるよ」

「あいつらに言うことときかすのは、骨が折れそうや。思い出したわ。あいつら、下界に降り立ったその日から幾晩も形代を離れて、夜な夜なこの伏見稲荷を飛び回るんや。興奮して、そら、色々とイタズラしよったな。まあ、そのお陰で流されかけてた私を救ってくれたんやけどな。ケガの功名いうやつや。けど、今となってはただのお節介やったな」

白狐神は二匹が駆けていった先を見ている。倒れたゴミ箱だけが、風で揺れている。

「しゃあない。いざとなったら、二匹ともお揚げに詰め込んで、かんぴょうで銅像に縛り付けたる」

「いなり寿司やん」と、クロが苦笑いする。「やんちゃ坊主をおとなしくさせるには、それぐらいでは甘いと思うけどな。むしろ、もっと甘やかすべきちゃうか」

「どういう意味や」

「人間がよく使う手や。なんかで釣るんや。あいつらの好きなもんはなんや？猫じゃらしに靴下、卵に魚肉ソーセージ。俺はかつお節をチラつかされたら一発や。ふにゃふにゃってなってしまうわ」

「それなら、にゅーるがいいよ！」

ボクは即座に言った。もうヨダレが出てくる。色んな味があるけど、一番好きなのは飽きがこないあっさりカツオ味だ。

白狐神は渋い顔でうなった。

「釣るか……。クロよ、おまえもなかなかワルやな。なるほどな、そういう手もあるんか」

ユラリユラリと、白い尻尾が揺れる。太くてフワフワだけど、薄い茶色の筋が細く見せて、なんだか猫みたいだ。

ここへ来てから変なことばかりが起きるけど、今日もすごかった。神様の親戚といっぱいお喋りして、なんとなく仲良くなった。

伏見稲荷は、不思議だらけだ。

「お母さん！　またクロがお嫁さん連れてきたで！」

真智子ちゃんの大きな声でボクは目が覚めた。

もう太陽は高く昇り、カーテンも全開だ。制服姿の真智子ちゃんは縁側の板間で屈んでいた。その前にいるのは白い猫だ。

――白い、猫？

ボクはまだ寝ぼけていた。よく猫は夜行性っていうけど、人間の生活時間に合わせていると、ちゃんと朝に起きて、夜に眠る。二日続けて寝るのが遅くなってしまったので、寝起きがスッキリしない。

でも、だからといって目がおかしくなったわけではない。白猫は、ちゃんと猫の外見をしている。目に縦長の瞳孔(どうこう)があり、耳は小さな三角で、鼻先は短めだ。

それでもわかる。この太々しい目付きは白狐神だ。だって尻尾。白地に薄い茶色の筋が入っている。キツネの時と同じ模様だ。

真智子ちゃんのお父さんがまたトイレから出てきた。

「クロめ。今度はちゃんとメス連れてきたんやな。やるやないか」

「お父さん。この猫、飼っていい？」

「一気に二匹も増えるんかいな。しかもこいつら、どっちとも飼い猫とちゃうか？　そんな真っ白なのは野良ちゃうやろ」

「あ、そうかも……」真智子ちゃんは少しシュンとしたが、すぐに明るく言った。

「じゃあこの子もクッキーと同じように、ちゃんと張り紙して、誰も言うてこなかったらうちの子にしていい？」

「せやな。電信柱に張り紙しといたらええわ。探してる人がいたら気付くやろ」

「うん！」

真智子ちゃんは白狐神の頭を撫でた。白狐神は澄まし顔でおとなしくしているけど、きっと心の中では無礼者とか言っている気がする。

そしてクッキーって誰？　もしかして、ボクのこと？

　家族の朝ご飯が終わると、真智子ちゃんはまたトサカ頭で学校へ行き、真智子ちゃんのお父さんとお母さんは表の店に出ていった。居間で座っているのはおじいちゃんだけだ。テレビを見ながらウトウトしている。

　ボクらは縁側で猫会議をすることにした。

「それで？　なんでおまえは猫のカッコしてるねん」

　クロは怪しんでいて、白狐神はシレっとしている。

「どうや？　眷属の私がおまえらと同じ種族に化けてやったんやで。嬉しくて涙出るやろ」

「出るか」

「ふふん。私かって下界の獣なんか御免やけど、透明やとおまえらには見えへんから、昼間はこの姿でいてやるわ。見ろ、この流れるような尻尾。上品やろう」

　白狐神はクルリと回った。細くて長い尻尾は、キツネだった時と同じく模様入りだ。上品とかではなく単に猫っぽい。白狐神は高飛車に笑いながらボクを見た。

「どうや？　油揚げ頭。同じ猫でも、おまえみたいなモンとはひと味ちゃうやろ」

「お揚げ小僧です」

どのあだ名もセンスがひどいけど、これ以上、増やすのはやめてほしい。よく千代ちゃんがアカウントを増やしすぎたって言ってるけど、ほんとに管理が大変だ。

「ねえ、おじょう様。昨日はボク、かなり活躍したよね。もう千代ちゃんのパパとママは帰ってきてるかな?」

「残念やけど、まだや。ここはおまえがいたのと同じ場所であって、そうではないんや」

「同じだよ。あの家だよ」

「理解するのは難しいやろうけどな、元に戻るのはもう少しあとや。私はこの時代に残って、やらなあかんことがある。それまではおまえにも協力してもらうからな」

「そんな……」

「こら、おじょう」と、クロはげんなりしている。「おまえが何を企んでるのか知らんけど、ステテコを巻き込むな。こいつは家族の元に戻りたいだけの、ただのドンくさい猫や。臭い汁も垂れてへんし、黒ずんだお揚げさんでもないぞ」

「ク、クロ」

嬉しくて、涙がにじんできた。なんて、なんていい猫なんだろう。クロはボクが普通のスコティッシュフォールドだってわかってくれてる。

「ふん」と、白狐神は拗ねたようだ。「私かって、猫が付いてくるなんて想定外やわ。鍵と珠があんなに手がかかるとも思わんかった。もっと穏やかな気持ちで、残りの日を過ごせるはずやったのに」

「どういう意味や、それ？」と、クロが訝る。

「おまえみたいなモンに、センチメンタルな乙女心はわからん」

白狐神はツンとそっぽを向いてしまった。

ボクとクロは顔を見合わせた。お互い、乙女心は苦手って感じだ。

そもそも、どうして白狐神が夜中に千本鳥居の藪の中を走っていたのか、鍵と珠をどうしたいのか。何かを抱えている感じはするけど、白狐で、しかも乙女の気持ちを悟るのは難しい。

「とにかく、しばらく俺んちにいるんやったら、家のモンに迷惑かけんなよ。光るのも禁止や。じいちゃんがびっくりするからな」

「わかってるわ。それより、あれメシやろ？　メシ食うで」

白狐神が目をギラつかせて見ているのは、真智子ちゃんママが用意してくれた朝ご飯だ。どんぶりとかお茶碗とか、バラバラのお皿に盛り付けてある。

「なんや、おまえ。神様のクセに猫まんま食うんかいな」

「眷属は義理堅いんや。猫まんまだろうと、出されたもんはいただくのが礼儀ってもんや」

ボクらは三匹並んでご飯を食べた。今日の猫まんまにも出がらしの煮干しが入っている。

「まあまあやな。まあまあやな」

白狐神はフーフーと鼻息を荒くして、米粒一つ残さずに食べた。ボクが少しご飯を残すと、それも平らげた。

「めちゃめちゃ食うやん」

呆れがちなクロに白狐神は睨み返す。

「腹いっぱいやけど無理して食べてるんや。人間からのお供え物は神様への好意の現れや。ご利益を信じる人間の思いに報いるのも、私らの務めや」

「白狐の像にもお供え物があるの？　お地蔵さんみたいだね」

「まあな。私が祀られてる白狐社は目立たへん場所にあるけど、それでも参拝客は来る。お酒とか、それこそ油揚げとかお供えされて……」

白狐神の顔が急に曇った。

「もう昔の話や。いや、この時代はまだよかった。ちょうどええ。おまえらに見せたろう。稲荷大社までついてこい」

そう言って、ベロリと口周りを大きく舌で舐める。その仕草は本当に猫っぽかった。


「ここが白狐社や」

ボクら三匹は赤い柱に白壁の社を見上げた。

本殿や楼門よりもずっと小さい建物だ。観光客が向かう流れから外れていて、角にあるので目立たない。ひっそりとしている。

派手さはないけど、ボクはこっちのほうが好きだ。

「静かで、いいところだね」

「そうやろ。この社は他とはちょっと違う。稲荷大神の眷属である白狐を祀るための社なんや。白狐の中でも、特別や」

「だからおまえは白狐神いうんやな」

クロが言うと、白狐神は誇らしげに笑った。

「そうや。私は伏見稲荷にいくつもある白狐の像を守る役目も担ってるんや。鍵や珠のように下界に降り立ったばかりの若い白狐を、あるべき姿に導くのも私の務めや。ほれ、あれが私の形代や」

白狐神が鼻先を向けたのは、白狐社よりさらに小さい社で、網の中には像が鎮座している。

ボクは近付くと、社を見上げた。中のキツネ像は色や風合いが今まで見た銅像と違っている。

「これって、木でできてるの?」

「そうや。この像は木製や」

木の葉色の像は古めかしく、所々ひび割れしている。他の銅像に比べて体付きは滑らかで丸く、温かみがある。

そして全体に木目が見える。

そうか。白狐神の尻尾の模様は、この木目だ。薄い茶色の細い線は、木の風合いが浮かんでいるんだ。

「綺麗な像だね。鍵や珠の銅像とは違うけど、なんていうか、お母さんみたい」

「フン。誰がお母さんやねん。稲荷の白狐が全員私の子供やったら、それこそ猫並みに多産やないか」

白狐神はボクとクロを社の隅っこに連れていった。石造りの土台の一箇所に黒い格子がはめ込んである。

「これ、何？」

「白狐の出入り口や。おもしろいやろ。人間が気を利かせて、作った。実際にはいらんもんやけど、こういう気持ちが嬉しいんや」

黒い格子の前には日本酒のワンカップといなり寿司、リンゴ一個が置いてある。控えめなお供えには、誰かの想いを感じる。ボクは白狐神に聞いた。

「お供え物をしたら、願い事が叶うのかな」

「これは気持ちゃ。昔はよかった。こうやって、もったいなくても、無駄でも、神様に敬意を表したもんや。社に悪さするやつも多少はいたけど、笑い飛ばせる程度やった。神社はな、ご利益や見返りを求めるだけの場所やない。散歩がてら毎日訪れて、学校の帰り道に手を合わせて、久しぶりに家族が集まったら当たり前みたいに挨拶に行く。そういう、生活に根付いてる場所や」

するとクロが言った。

「俺の家族はそんな感じやぞ。じいちゃんは毎朝早くに参拝に行くし、お父ちゃんもお母ちゃんも、店が忙しいのに稲荷会の役員してる。真智子かって、なんかあるたびによく手伝いに行きよるで」

「そうや。それが伏見の街で暮らす人間の日常や。願いがあるからとか、癒しをもらえるからとか、そんな理由はいらん。神社は信仰の象徴であって、よすがになれど、願いが叶うかどうかは人間次第。ご利益いうのは、受け手次第でいいようにも悪いようにも変わる」

白狐神の言葉は、どこかで聞いた気がする。

そうだ、影丸だ。いや、影丸の言葉じゃなくて、誰かが言っていたと得意げな顔をしていた。

誰のことだっけ？

「クロ。今はまだ、おまえには想像もできひんやろうな」

「何がや」

「この先、世の中がどうなっていくか。神様を敬う心もなんもあらへん。境内はゴミだらけや。あっちこっちに落書きがされて、入ったらあかんところに無断で踏み入って、ひどい有様や。この社の格子前はゴミだらけや。受け狙いの観光客が毎日ゴミを押し込んでいきよる。もしほんまに私がここを出入り口にしてたら、外には出られへんかったやろうな。これが伏見稲荷の過去と未来や」

過去と未来っていうのがいまいち理解できないけど、白狐神が悲しんでいることはわかった。自分のおうちがゴミだらけなんて、綺麗好きのボクなら耐えられないだろう。

「きっと動画の再生回数を増やしたくて、そんなことするんだよ。悪いことして目立とうとする人、結構いるんだよ。話題作りのためにズルをするのは卑怯だよね」

千代ちゃんは全然再生数が伸びなくても、正々堂々とボクの動画だけをアップしている。お小遣い稼ぎのためじゃなくて、一人でも多くの人にボクの可愛さを見てほしいからって、夜遅くまで動画の編集をしている。

その努力を思うと、腹が立ってきた。

「千代ちゃんは、いいねの数が少なくても、いつかバズると信じてるよ。信じてアップし続けていれば、いつかきっと人気のチャンネルになれるって」

「そうや。信じる力が問題なんや。今はまだ、伏見稲荷には多くの白狐がいて、時には山崩れを防ぎ、時には嵐を逸らせ、そして時には静観して、人間の復興を見守っている。でも、人間の信仰が薄れると神様の力も弱まる。この時代にはたくさんいる白狐も、追い立てられるようにいなくなってしまった。おとつい降り立ったばかりの鍵と珠も、気が付けば、色褪せて魂が抜けた銅の塊になってしもてたよ。どっちが先に消えたんかわからんけど、残されたほうはたまらんかったやろうな。あいつらはとても仲がいいから」

「それって、あの二匹がいなくなるってこと？」

ボクとクロは顔を見合わせた。

ゆうべ、二匹が力強く駆けていった姿を見たばかりだ。いなくなるなんて、想像できない。

「そうや。でも、それも時代の流れやと諦めて、寂しさを飲み込んだ。眷属の形代を壊そうとする愚かな行為も、人間なりに伏見稲荷の発展を考えてのことやから、仕方ないと言い聞かせた。今はピカピカの銅像が、映えがイマイチやとかいう理由で取り壊される日がきてもな」

「コバエがイマイチ？」とクロが聞いたが、白狐神は無視した。

「未来では、私は独りぼっちや。もう仲間はおらん。それでも、最後まで黙って伏見稲荷の退廃を見届けようと思ってた。それが白狐社に祀られた私の務めやと。それなのに……」

白狐神はがっくりと頭を落とした。ブルブルと全身を震わせている。

また泣いてるのかと思って顔を覗き込んだけど、違う。鼻頭に皺を寄せ、牙を剝き出している。

「それなのに、デジタル白狐社やと？　ＡＩを搭載したロボットやと？」

激怒だ。白狐神は白い毛を逆立てて、強烈に怒っている。薄く縞の入った尻尾も、爆発して埃取りのハンディワイパーのように膨らんでいる。

「ふざけんな！　何百年も伏見稲荷とそこに暮らす人間を見守り続けてきた白狐社を、よりにもよってパチンコ屋みたいに派手にするやと？　おまけに私はロボット白狐やて？　なんやねん、それ！　そんなアホみたいなハリボテにされるくらいなら、潔く消えてなくなってやるわ！　人間どもめ！　恩知らずが！　もうおまえらのことなんか、守ってやるもんか！」

白狐神は背中を小山のように盛り上げ、誰ともなしに喚き散らしている。

デジタル白狐社のことは、千代ちゃんのパパとママが話していた。映えのために楼門の銅像を取り壊すって嘆いていた。

あれは、鍵と珠、そして白狐神の社のことだったの？

「おい、ステテコ。さっきからあいつが何言うてんのかわかるか？」

「うん。たぶん、婦人支部の支部長さんが言い出した大改革だよ。キツネの像を壊したり、白狐社をパチンコ屋さんぽくしたり」

「はあ？　そんなバチ当たりなこと、稲荷会が許すはずないやろ。みんな大反対するって」

「うん……。でも、取り壊しはもうすぐだって言ってたよ」

「ないない。できたばっかりの銅像を壊すなんて、あり得へん。なんかの間違いや」

「間違いではない」

白狐神はまだ目を吊り上げているが、少し怒りが治まったようだ。

「確実な未来や。だから私は、根本から一掃することにしたんや。ハリボテになるのを待つことあらへん。まだここがゴミ溜めになる前に、綺麗さっぱり、消えてやる」

「おじょうよ。そら人間はすぐドンチャン騒ぎするし、次の日にはゴミだらけ、コバエだらけや。けど、そんなに思いつめることあらへんのとちゃうか」

クロは困ったような顔をしている。

「ゴミにはゴミで、需要があるぞ。ゴミ待ちしてる野良がぎょうさんいるんやからな。この社のお供えモンも、ちゃんと綺麗に片付けるやつらが……」

クロが周囲に目を向けた。いつの間にか五、六匹の猫に囲まれている。毛並みや目付きからして野良猫だ。殺気立っている。

ここにも縄張りがあるんだ。お供え物はこの猫たちの食料なんだ。横取りしに来たって勘違いしてるのかも。

「ほら、おまえら行くで」

クロが野良猫たちの間を抜けようとしたので、ボクも目を合わさないようにして付いていった。だが後ろから声をかけられた。

「おい、コラ、ねえちゃん。スカした顔してんのとちゃうぞ」

「あ、いいえ。ボクはねえちゃんではなく茶々というオスで……」

可愛いのでメスと勘違いされてしまった。と、思ったら勘違いしてるのはボクだった。

野良猫たちが白狐神を囲んでいる。白狐神はツンと取り澄ました顔で、偉そうに言った。

「愚か者どもが。誰のお陰でメシが食えとると思ってんのや」

「はあ?」

「文句があるんやったら、いつでも稲荷大社から出ていってくれてええんやぞ」

「なんや、こいつ。出ていくんはおまえやろが」

白狐神のモラハラ発言にも野良猫たちは怯まない。気性の荒い白猫をやっつけようと毛が逆立っている。

やばい。クロも緊張モードになって、鼻頭に皺を寄せている。尻とかヘソ天で誤魔化せる雰囲気ではない。

だけど今日のボクは逃げない。なぜなら、一緒に戦うパーティーがいるからだ。

さしずめボクが勇者でクロが戦士、白狐神が魔法使い。最前線はクロに任せて、ボクは後方から参戦だ。もちろん暴力反対派なので、実際には何もしない。でも威嚇をしようと、前足を強く踏み、飛びかかるような体勢を取る。

「フー！」

自分でもびっくりするくらい、強そうなうなり声が出た。かっこいい！　これなら充分、戦力になれるぞ。

今まで本気で怒ったことがないので興奮してきた。鼻息が荒くなって、プスプス音が鳴る。野良猫たち、クロと白狐神も低い姿勢だ。全員が睨み合い、一触即発だ。

プスプス、プスプスプス、プスプス……。

みんながボクを見る。興奮しすぎで、鼻からのプスプス音が止まらない。クロと白狐神が顔を見合わせているけど、後方支援のボクは気を抜かない。益々鼻息が荒くなる。

プスプス、プスプス、プスプス……。

「もうやめとけ、ステテコ」

上のほうから渋い声がした。見上げると、石垣にシマオがいた。

「シマオ」

「そこらへんで勘弁してやれ。みんな茫然としてるやんけ」

「う、うん」

そうか。ボクの威嚇が恐ろしすぎて、みんなビビッてしまったのか。シマオは高い石垣からヒラリと飛び降りた。ポカンとする野良猫に言う。

「勘弁してやってくれや。こいつら引っ越してきたばっかりの新参者やねん。なあ、クロ」

「お、おう」と、クロはなんだかきまりが悪そうだ。「邪魔して悪かったな。おまえら行くぞ」

今度は白狐神も歩き出す。それでもツンと澄ましている。ボクら三匹はシマオの先導で千本鳥居へ向かった。観光客の足元を縫いながら走る。

「シマオ、助かったわ」走りながらクロは言った。シマオがちょっと振り返る。

「らしくないやんけ。あんな挑発に乗せられて」

「いや、すまん。ついカッとなって。止めてくれて助かったわ。喧嘩になるとこやった」

「ボクも、やりすぎたよ。ついカッとなって」

置いていかれまいと必死で走りながら言う。シマオがチラと振り向いた。

「おまえ、鼻クソ詰まってるやろ。ずっとプスプスいうてたぞ。飼い主がハワイから帰ってきたら、ほじくってもらえ」

鳥居の道を抜け、奥の広場に着いた。シマオの仲間はゴミ箱を漁っていたり、社の陰で昼寝していたりと自由だ。観光客はいるが、あまり猫には関心がない。それでも真っ白な白狐神は目を引くので、しゃがんで撫でようとする人もチラホラいる。人が寄ってくるのでシマオは迷惑そうだ。

「えらい目立つナリした猫やな。どこの猫や。ここらのモンとちゃうやろ」

「口を慎め、馬鹿者めが」

白狐神が高飛車に言った。助けてもらったのに、微塵も感謝していない。

シマオは呆れ、クロは苦い顔だ。

「すまんな、シマオ。こいつも俺のツレやねん」

「そ、そうか。おまえのツレ、変なやつばっかやな。そういえば、さっきもけったいな猫がおったぞ。土産物店のまんじゅうを盗み食いしようとして、オッサンにホウキで追い回されてたわ。あの白い二匹、おまえの仲間か？」

「鍵と珠だね」

ボクが言うと、白狐神は深々とため息をついた。

「恥知らずめが……。眷属が盗み食いなんぞしおって、世が世なら切腹もんじゃ」

「鍵と珠も、猫に化けてるんだね。でも縄張りを荒らすと喧嘩になっちゃうよ。教えてあげないと」

「ほっとけ。野良猫に引っ掻かれてしまえばええわ。一緒になってゴミ漁りでも……」

怒っていた白狐神だけど、ちょっと首を傾けた。

「そうか。体力が有り余ってる子供は叱るより、疲れさせるんが一番かもな。あいつらを形代に眠らせておくのは一日でええんや。その時だけ、おとなしく寝てくれたら」

そしてジロリとボクを見る。なんとなく、嫌な予感がする。

「……何？」

「お揚げ小僧。おまえは鍵と珠と一緒にゴミをさらえ。山にのぼれ」

「え！　無理だよ！　ホウキで追い回されちゃうし、山なんかのぼれないよ。それに昨日は二匹にウロチョロするなって言ってたじゃない」

「作戦変更や。おまえはあいつらの小姓として張り付いて、一発で釣れる何かを探すんや」

「コショウ？　何それ、調味料？」

するとシマオが笑った。

「ははは、ステテコ。そのねえちゃんは時代劇の見すぎや。なるほどな、さっきから変な喋り方するなと思ってたら、将軍家のお姫様を気取ってるんやな」

「お姫様ってガラか」と、クロが顔をしかめる。

「俺の飼い主やった金持ちのオッサンも、時代劇が大好きやってん。特に、暴れん坊将軍な。あれはどんなに忙しくても絶対に見てるわ。俺も膝の上に乗っけられて、よく付き合わされたな。でも毎回一緒やねん。毎回、白い馬に乗った上様が駆けてきよんねん。そんで悪代官と越後屋が弱い者いじめしよって、最後には庭みたいなところで上様が全員をぶった切るねん。一人で、二十人くらい斬りよんねんぞ。すごいやろ？　金持ちのオッサンはそれを楽しみにしてて、俺もまあ、好きやったかな」

見た目はワイルドで野性味あるシマオだが、飼い主の話をする時には子供のような顔になる。今も、嬉しさが滲んでいる。

「そういえば今思い出したけど、金持ちのオッサンは白いでかい車に乗ってたな。俺はチビの時、その車に乗せてもらって、窓から街を眺めてたわ。オッサンは白い馬じゃなくて、白い車やったな。ははは」

「そうか。思い出せてよかったな」

クロが優しく言った。

ボクはなんだか切なくなった。もう戻れないことは、シマオ自身が一番よくわかっている。何も言えない。

「おまえの昔話なんかどうでもええわ」

まったく空気を読まない発言に、ボクらは凍り付いた。白狐神はフンと鼻を鳴らした。

「この神社の猫を牛耳ってるのはおまえやな？」

「牛耳るて、そんな猫聞きの悪い」シマオはドン引きしている。「ここらへんだけや。縄張りごとにボスがおる」

「おまえはさっきのやつらにも顔が効いたやないか。ええか、今日から六日後の真夜中。おまえはここらにおる猫を全部引き連れて、伏見稲荷から出ろ。できるだけ遠くに離れるんや」

「なんや、それ。なんでそんなことせなあかんのや」

「その夜、京都に大雨が降る。文字通りの土砂降りや。そのせいで稲荷山の一部が崩れるんや」

びっくりして、ボクは尻尾がピンと立った。

「崩れる？　山が？　何それ？」

「慌てるな、お揚げ小僧。ちょっと土砂が境内に押し寄せるだけで、たいしたことはあらへん。念のための避難や」

「千代ちゃんの実家は？　クロの家は？」

「大丈夫や。人間の家に被害はあらへん」

白狐神はそう言うけど、ボクは不安でクロを顧みた。クロは目を細め、少し険しい表情だ。

白狐は神様の眷属で、不思議な力がある。ボクをここへ連れてきたし、鍵と珠が銅像から抜け出たのも見た。予知か予言か、そういうことができても不思議じゃない。

もしかして白狐神はそれを伝えるためにここへやって来たのだろうか。

「……シマオ。おまえは他の縄張りのやつに今の話をしに行け。その日にいきなり逃げろ言われても、誰も動かんやろ」

クロが穏やかに言うと、シマオは顔をしかめた。

「おいおい、クロ。おまえまで何言い出すねん。ノストラダムスの大予言やあるまいし、そんな先のこと、誰が信じるねん」

「その白猫はノストラダムスの飼い猫や。なんなら一緒に連れていったらええ」

「絶対嘘やん」

「よし、行ってやろう。籠を呼べ」

白狐神が偉そうに言う。シマオはきょとんとしている。

「シマオ。俺らは帰るから、あとは頼むわ。行くぞ、ステテコ」

クロはそう言うとすぐに奥の広場から出て鳥居の道へ向かった。ボクは慌ててあとを追った。ノストラダムスって誰だろう。猫を飼ってるのかな。

クロは駆けながら、チラリと振り返った。

「おじょうはついてきてへんな」

「うん。籠待ちじゃないかな」

ボクも振り返った。後ろには誰もいない。

「俺はあいつを信用してへん」

「え？　どうして？」

「あいつは人間に不信感を持ってるやろ。どえらい剣幕で怒ってた。眷属みたいに普通と違うやつがその気になったら、人間に害を与えるかもしれへん。俺の家族や、おまえの飼い主にかて、悪いことが起こるかもしれへんぞ」

「そんなのは駄目だよ！」

「とにかく、あいつは見張っといたほうがええ」

「わ、わかったよ」

ボクはクロのあとを追いながら、頭の中で色んなことをまとめようとした。でも無理だった。猫のボクには情報が多すぎてわけがわからない。

千本鳥居の道を抜けた。石階段を下りて、本殿へと向かう。クロがまた振り返った。

「おまえ、走るの早くなったな」

「えっ、そうかな」

クロは颯爽（さっそう）と観光客の間を駆けていく。急に足元にボクらが現れて、人間たちがびっくりしている。太い紐を持っている人が慌てて飛び退いた時、カラコロと鈴の音がした。くすんだ色の大きな鈴が高いところで揺れている。

「あっ、クロ！　鈴が鳴ったよ！　願い事しよう！」

「なんや、おまえ。わりかし抜け目ないやつやな」

　クロは笑っている。

　ボクは古い木でできた大きな箱の前で止まった。人間はその箱に次々とお金を入れている。手を合わせて、目をつぶっている人もいる。

　真似をしてみた。ボクも目を閉じる。

　――千代ちゃんのパパとママ、影丸が戻ってきますように。千代ちゃんが無事に帰ってきて、またボクらのマンションで一緒にいられますように。

　ボクの役目は千代ちゃんを待つこと。でもなぜか今は、逆に待たれているような気がする。千代ちゃんだって本当はボクと離れたくなかったはず。だからもしかしたら、ボクよりも不安がっているかもしれない。

　どうか、千代ちゃんがほんのちょっとでも、寂しい思いをしていませんように。

「あ、そうだ。ついでに」

「めちゃ長いこと願い事するやん」

「シマオが、おうちに帰れたらいいな。伏見稲荷の神様。シマオがおうちに帰れますように」

ボクは高い位置にある鈴に向かって言った。あの鈴が神様直通のマイクかどうかわからないけど、声を拾ってくれるといいな。

クロもボクの隣に座った。黙って鈴を見上げている。

たぶん、同じことをお祈りしてるんだと思った。

稲荷山が崩れると白狐神が予言した日から、ボクは忙しい。
ちょくちょく伏見稲荷へ行っては、猫に化けている鍵と珠が何をしているのか探る。二匹はすごく自由なので、人間や野良猫に追いかけられても平気だ。ゴミ箱をゴソゴソ漁ったり、境内の砂利の上で寝っ転がったり、鈴に結び付けられている紐を引っ張ったりと、好き放題だ。夜になると、白狐の姿で山に飛んでいってしまう。毎日が楽しくて仕方がないって感じだ。
「でも二匹で毛繕いしてるのを見ると、憎めないんだよね。いつか離れちゃうなんて、信じられないよ」
「まだ先の話や。今は、無邪気に遊んでたらええ。今日は何しとった？　またスズメか」

白猫に扮した白狐神はすっかりこの家に馴染んで、縁側で横に長く伸びて寝ている。

「うん。スズメの丸焼きをずっと眺めてたよ。すっごくヨダレを垂らしてた。お店の人のガードが固くて、一度も触れないけどね」

「嘆かわしい……」

白狐神はググっと両手足を伸ばした。伸びたあとに全身をブルっと震わせる仕草も、猫そのものだ。

ボクは白狐神のことも見張っているので、大抵一緒に行動している。ゴロゴロしている時も一緒だ。小姓役に見張り役の同時進行は忙しい。

「おい、お揚げ小僧。これはなんじゃ」

白狐神が台所にある縦に細長い箱を尻尾の先で差した。余計な物に触ったらクロが怒るので、いない隙を狙っていたようだ。蓋付きのゴミ箱に見えなくもないけど、いくつもボタンがあるし、目盛りみたいなのが見える。

「うーん、カリカリマシーンかな」

「カリカリマシーンとはなんや」

「ここから自動でご飯が出てくるんだよ。出張で帰りが遅い時とかにね。スマホと連動してるんだ」

「ほう、自動か」

白狐神は細長い箱の前に座った。

「よし。メシよ、出てこい」

「だからスマホがないと駄目だよ」

「チッ」と、白狐神は舌打ちをした。「私はあれは嫌いや。無作法に写真撮るか、景色よりも画面ばっかり見て、何しに来とんねんって話や。こら、カリカリマシーン。メシ出せメシ出せ」

白狐神は細長い箱の側面を手でバシバシ叩いている。

「そんなことしても、スマホがなくちゃ何もできないよ」

千代ちゃんのマンションは照明や空調だって、スマホアプリと連動している。ドアだってオートロックだ。ボクは電子機器と争う気はない。機械は叩いてどうにかなるもんじゃない。

「うん？　なんじゃこりゃ」と、白狐神が手前のボタンをガコっと押し込んだ。

するとザザーっと音と共に、自販機のように勢いよくドライフードが流れ出てきた。

「お！　やったぞ、お揚げ小僧！」

「うわ、ほんとだね。自動じゃなくて手動……」

床にばらまかれた白い粒を見て、ボクは首をひねった。

「これ、お米じゃない？」

「ほんまや、米粒や。生米は食えんわ。おいこら、カリカリマシーン。食えるもんを出さんか」

白狐神はまたバンバンと箱の側面を叩いている。

「それ、きっと猫用じゃなくて人間用なんだよ。お米マシーンだよ」

ボクは床にまかれたお米を見た。白くて小さな粒がいっぱい。手先でチョイチョイさわると、トイレの砂粒みたいだ。おもしろくなってきて集めるけど、なかなか集まらない。気が付けば夢中になっていた。ひっくり返って、お米の上で背中をモジモジする。

「コラ！　おまえら何やってんのや！」

クロが飛んできた。お米の上でひっくり返るボクと、まだお米マシーンをバシバシ叩く白狐神に呆れている。

「あーあ、何してくれてんねん。台所が米だらけになってもうたやないか」

「自動で出てきたんやもん」白狐神がサラリと嘘をつく。

「そんなわけあるか。これ、俺のせいにされるんとちゃうか」

クロは散らばるお米を踏まないようにしている。もしかしたら、まだ食べられるのかな。だとしたらすごいエコロジー精神だ。

申し訳ない気持ちになって、今度はちゃんとお米を集めようとした。するとお米マシーンの下に灰色の何かがいる。

ハムスターだ。体勢を低くして、じっとこっちを睨んでいる。

ハムスターはＳＮＳや動画で人気者だ。よく見るのは明るい茶色につぶらな瞳だけど、このうちの子は灰色というよりほぼ黒っぽくて、目も吊り上がっている。さすが伏見稲荷。ハムスターもワイルドだ。

「こんにちは、ボク茶々だよ」

「あん？　おまえ、誰と喋ってんねん」と、クロが覗いてきた。途端に、全身の毛を逆立てる。

「ネズミや！　捕まえろ！」

灰色の小さいのが出てきて、すごい早さで走り回る。ボクはびっくりして飛び退いた。

「きゃー！」

「ステテコ！　そっち行ったぞ！　捕まえろ！」

「無理！　やだ！」

足元を逃げ回るネズミにバタバタと大騒ぎしていると、急に黒い影が落ちてきた。ムスっとしたおじいちゃんがボクとクロの首根っこを掴んで、ポイと外に放り出した。

クロはそんな扱い慣れっこみたいで、うまく着地している。ボクは空中回転しきれずに庭の草むらにダイブしてしまった。変なモケモケのある草がいっぱい生えている。

「ぺっぺっ！　何、この草。毛虫みたい」

「ねこじゃらしやろが。それよか、おまえなあ。ネズミにビビるなんて、それでも猫か」

「だってネズミなんて初めて見たんだもん。強そうだし、怖いよう」

「人間がなんのために猫飼ってると思っててんねん。ネズミの狩れん猫なんか猫ちゃうぞ。ええか、ステテコ。俺らは番犬にもならへん、メシ食うて寝てるだけの穀潰（ごくつぶ）しや。ネズミの一匹くらい捕まえられんと、おまえもそのうち野良に転落やぞ」

「えっ、そんなのやだ」

「せやろ？　おまえの飼い主、千代ちゃんやったっけ？　千代ちゃんちの天井裏にもネズミの一匹や二匹はおるはずや。俺んちなんて両隣が定食屋やから、やっつけてもやっつけてもチョロチョロ出てきよる。猫やけど、イタチごっこや」

　マンションに天井裏とかあるんだろうか。でも、もしネズミが出てきたら、千代ちゃんだってきっと怖いはずだ。

「でも……あんなすばしっこいの、ボクには捕まえられないよ」

「ネズミ捕りはコツや。追っかけるんやない。上から飛び乗るんや。おまえの飼い主が戻ってくるまでの間に特訓や。飼い猫の意地を見せたれ」

「うん！」

「よし」

そう言って、クロは周りを見た。

「そういや、おじょうがおらんな。どこいった？」

「ほんとだ。いないね」

お米とネズミに気を取られて白狐神のことを忘れていた。これでも一応、見張ってはいるのだ。だが最初の二、三日は警戒していたクロも、今は扱いが雑だ。

「ドブにでもはまってるんやろか。おい、おじょう。どこにおるねん。まったく、おまえらが来てから、ゆっくりクソもできひん。俺、途中やったんやぞ」

クロはブツブツ言いながら、裏庭を探している。ボクも草むらを探そうとして、家のほうから小さな声がするのに気が付いた。縁に手をかけてガラス戸の向こうを見る。白狐神が、台所の冷蔵庫の上で騒いでいる。

「あ、クロ。おじょう様いたよ」

「あーあ、自分で飛び乗ったくせに、降りれんくなったんやな。ああ、じいちゃんが便所から出てきたな。レスキュー隊や」

真智子ちゃんのおじいちゃんはトイレから出てくると、冷蔵庫の上で騒ぐ白狐神を捕まえて、やはり外に放り出した。白狐神は怒っている。

「こらあ！　じじい！　眷属をポイ捨てするとはなんぞや！　バチが当たるぞ！」

「バチが当たるのはおまえや」と、クロが軽く白狐神の頭を叩く。「じいちゃんは隠居したけど、うちで一番偉い人なんやぞ。敬え」

「……ふん。私かって、年寄りは大事にするもん」

白狐神は拗ねたように、そっぽを向いた。

——なんかこの二匹の空気感、変わってきてない？

そう思いつつ、余計なことは言わない。ボクは空気の読める猫だから。

それでもちょっと顔に出ていたらしく、白狐神が睨んできた。

「おい、お揚げ小僧。そんな腑抜けた顔で私のお供が勤まるんか。助(すけ)さん格(かく)さんを名乗れるんか」

「助さん、格さん」

それは昨夜おじいちゃんと一緒に箱型テレビで見たドラマだ。黄色い頭巾(ずきん)を被ったおじいさんが旅をしながら町人たちの困り事を解決する時代劇。

確か、水戸黄門。助さん、格さんはおじいさんの両側で、印籠というパワーワードを発する男の人だ。そのワードにより悪いやつらが一斉にひれ伏すという謎の設定だ。

「あの、おじょう様。ボクは助さんか格さんのどっちでしょうか？」

「問題はそこかい」と、クロが突っ込む。「おい、おじょう。今日もまた稲荷を回るんか。もう充分やろ」

「まだや。今日は駅前のあたりに幅きかしとる連中に喝入れにいく。境内は坂になってるからな。あの辺りまで泥水が流れ込むんや。念のため、避難しといたほうがええ」

「まったく……。大概やな。どこまでほんまなんか」

「どこまでもほんまや。行くで、助さん、格さん」

「はい」と、ボクは一行の先陣を切った。白狐神は稲荷山の山崩れをこの付近の猫に言い回っている。当然、初めは誰も聞く耳を持たないのだが、クロがフォローを入れると、なんとなくみんな、仕方なしといった雰囲気になる。

「なんや、ステテコ。えらい張り切ってるな」

「うん。ボクはクロを見習うんだ。いつか千代ちゃんがカリスマリーダーになった時、そばで支えるために」

「おまえの言うことも、いつも意味わからんわ」

三匹連れだって、稲荷駅へ向かう。人通りが多い。その一帯を縄張りにする猫たちは人を怖がることなく、駅の出入り口付近やブロック塀の上で堂々と居眠りをしている。空き缶用のゴミ箱に顔を突っ込んでいる猫もいるが、周りの人間は知らんふりだ。追い立てることもしないが、写真を撮ることもしない。

「……伏見って、街に猫がいることが当たり前なんだね。猫が街の一部なんだね」

すごく不思議だ。

ボクの知ってる世界では、猫は良くも悪くも注目されている。千代ちゃんと一緒にスマホを見ていると、微笑(ほほえ)ましい動画が次々アップされてくるけど、たまに悲しい情報も目にする。人気が上がれば上がるほど、いいことと悪いこと、両方が増えていく感じだ。

この伏見では、そういうのがない。なんていうか、人間が猫に注目していない。

「時代や」

ボクの隣で白狐神が言った。駅舎の屋根で日向ぼっこをしている野良猫たちを眺めている。

「おまえがいる時代には、もう見ない風景や。そのうち、この地は大量の観光客で埋め尽くされて、猫の居場所はなくなる。それはそれで、移り変わりや。しゃあない」

「鍵と珠の銅像が撤去されるのも、移り変わり？」

ボクが尋ねると、白狐神は目を細めた。

「もしそれを止めることができるとしたら、人間自身や。私はただ、黙って見てるだけや」

「クロは稲荷会の人が大反対するって言ってたよ」

「そんな未来は来なかったんや」

まるで、もう起こってしまったことのようだ。でも千代ちゃんパパは、確か像の撤去は再来週だと言ってた。ボクの頭では時系列が難しすぎる。何が今で、何が過去で、何が未来なのか。

「おい、おじょう。こいつがここらのボスや」

クロが一匹の灰色の猫を連れてきた。喧嘩の傷跡が顔に残る強そうな猫だ。他にも三、四匹をお供に引き連れているが、どの猫も怖そうだ。

さっきクロに聞いたが、ここらは飲食店が多いのでゴミが多く、野良猫の激戦区らしい。猫たちは毎日残飯をめぐって戦っている。

「こら、おまえら。頭が高いぞ。私を誰やと思てる」

微塵も怯むことなく、白狐神は居丈高（いたけだか）に言った。猫たちは怪訝そうに顔を見合わせている。

「誰や」

「知らん。誰や誰や」

「フン。無礼者が」と、白狐神はツンと鼻をそらせた。「控えおろう。この紋所（もんどころ）が目に入らぬか」

強く言い放つが、猫たちはさらに不穏そうにざわつく。

「なんや。なんも見えへんぞ」

「見えへん。なんやなんや」

当然、印籠など持っていないのでなんの効力もない。助さんか格さんの位置付けであるボクはフォローに回った。こういうのもリーダーを支えるには必要な資質だ。

「あのね、見えなくても大丈夫だよ。ボクにも見えないから。印籠っていうのはいわゆるQRコードみたいなもんで、あのマークに情報が詰まってるの。見えたとしても、猫には読み取れないからね」

うまく説明ができた、と思ったけど、周りの猫たちの顔は益々困惑していく。QRコードよりバーコードのほうがわかりやすかったかな。いや、水戸黄門の説明からしたほうがよかったかも。

猫たちが帰っていこうとしたので、ボクは慌てた。

「クロ！　クロ！　引き留めて」

「はいはい。すまんな、こいつら俺のツレやねん。ちょっと胡散臭(うさんくさ)いけど、話聞いてやってくれ」

クロがそう言うと、猫たちは顔を見合わせた。クロはメスとかオスとか関係なくモテる。リーダーって感じじゃなくて、自然と誰もが好きになってしまうタイプだ。嫌味なくズバッと物を言うし、行動力もある。それにとても面倒見がいい。

猫たちは渋々だけど、白狐神の話を聞いてくれた。信じてくれたかどうかわからないが、これで被害予想の範囲への警告は終わった。

「さあ、おじょう。気が済んだな。あとはおまえが言う大雨が、ほんまに降るかどうかや」

クロは空を見上げた。もう夕方だ。茜色に星が輝いている。ボクが伏見に来てから一度も雨の気配はない。湿気が多いとヒゲがムズムズするけど、毎日カラッとしている。

「降る言うたら、降るんや。私はちょっと寄るとこがあるさかい、おまえらは先に家に戻ってろ」

「おまえに言われたないわ。ステテコ、帰るぞ」

クロが背を向けたので、ボクは後ろから付いていった。少し歩いてから声をかける。

「いいの？　おじょう様、見張らなくて」

「ええわ。ひと通り、大雨の警告はした。ほんまに雨が降るとしたら、多少は役立つやろ。降らんかったとしても、それはそれでええし」

「おじょう様のこと、信じてあげてるんだね」

「猫が猫のこと信じんでどうする。っていうても、猫のカッコしてても、あいつは白狐なんやけどな。俺らには話せへんこともあるやろ」

なんだろう。クロがちょっと寂しそうだ。

「……紳士的だね」

「からかうな。噛むぞ」

「ゴメン」と笑って、これ以上は踏み込まない。「ボク、ちょっと招きネコ屋を覗いていくよ。もしかしたら、千代ちゃんのパパとママが帰ってるかもしれないし」

白狐神が言ったように、ここはボクがいたのと同じ場所であって、そうじゃないのかもしれない。何度覗きに行っても無駄かもしれない。

だけど、違う世界でも、同じ場所なら会えるかもしれない。何度も覗きに行けば、ボクが知ってる招きネコ屋に戻っているかもしれない。

ボクは一人で店へ行き、立ち上がって引き戸に手をかけた。中にいるのはやはり知らないおじさんとおばさんだ。

「まだ帰ってきてへんか」

後ろから声をかけられた。振り向くと、クロがいた。クロは本当に面倒見がいい。ボクを放っておけないんだなと思うと、少し胸が痛んだ。

「……うん」

「そのうちハワイから戻ってくるって、シマオも言うとったやんか。もうちょっとの辛抱や」

「ハワイじゃなくて、たぶんドバイだと思う」

「ハワイのパッチもんか。行き先はともかく、俺ら飼い猫は信じて待つしかないんや。おまえは、飼い主を信じてるやろ？」

「うん」と、ボクは大きく頷いた。クロも頷く。

「よし。そやったら、明日からネズミ捕りの特訓や。飼い主の枕元にそっとプレゼントして、びっくりさしたれ」

「うん！」

　クロのお陰で元気が出てきた。足取りが軽くなり、神社へ戻るために道の反対側へ渡ろうとした。

「危ない！」

　大きな声に驚いて、足が止まった。ボクのすぐそばをすごいスピードで車が横切った。

「あっぶな。大丈夫か？」

「う、う、うん」

「ここら辺、狭いのにめっちゃ飛ばしよんねん。電車の踏み切りもあるし、おまえも気を付けろよ。ひかれて死んでまうやつが多いからな」

　心臓がドキドキしている。車が怖いのは知ってる。でもケースに入れられて移動していた時には、危険を感じたことはなかった。こうして自分の足で歩いて初めて、身に沁みた。外で暮らす猫にとって、車は本当に危ないんだ。

「行くぞ、ステテコ」

　クロがひょいとブロック塀に飛び乗る。ボクは植木や石垣をつたって、なんとか上がった。落ちないようにヨロヨロと付いていく。境内のクロの家はちょうどシャッターを下ろしているところだ。キツネの白いお面や、キツネの顔の形のせんべいが置いてある。閉まる店を横目にボクたちは裏から家に入った。

台所では真智子ちゃんのお母さんが料理をしていて、真智子ちゃんもお手伝いをしている。おじいちゃんはまたあの箱型テレビを見ていて、映りが悪いからとバンバン叩いている。この家の機械は叩けばどうにかなるから不思議だ。もう慣れたけど、ボクらが外から帰ってきても誰も気にしない。しばらくすると真智子ちゃんのお父さんも加わって、みんなでご飯を食べ始める。

この家でも、猫のご飯は人間のご飯のあとだ。ゴロゴロして待っていると、餌が出てきた。朝とほとんど同じ、猫まんま。魚の種類が違うだけ。マグロフレークやチキンフレークは、もう諦めた。

白狐神はまだ帰ってこないけど、家の人はそれも心配していない。当たり前みたいにして、もう一皿、餌を盛ってある。

先に食べ終わったクロはお父さんのそばで、ビールを飲むのをじっと眺めている。ボクも千代ちゃんのお酒によく付き合うので、この役目はどこの猫も同じらしい。お父さんはテレビで野球中継を見て一人で喋っている。

「よっしゃあ、行け！　掛布！　おまえの一発に任したぞ！」

しばらく一緒にいたけど、なんとなくお父さんとクロの間には無言の絆みたいなのを感じる。ビールのお供はクロに任せて、ボクは台所で後片付けをするお母さんと真智子ちゃんのそばに座った。

「ねえ、お母さん。行ってもええでしょう。絶対電車があるうちに帰るから」

「アホ。そんなん当たり前やろ。そやかて、あかんもんはあかん」

「でも、みんなは何回も行ったことあるんやで。佳恵もあっちゃんも、行ったことあるって。私だけやで、行ったことないの」

「何ゆうてんの。よそはよそ、うちはうちや」

あ、真智子ちゃんのお母さん、影丸と同じこと言ってる。

ふと影丸を思い出した。どうしているだろう。ボクと同じで、ヘンテコな世界に迷い込んでいなければいいけど。

「まったく。高校生がディスコやなんて、お父さんにバレたらしばかれるで」

お母さんは不機嫌に言ったあと、慌てて和室にいるお父さんのほうを見た。お父さんはビールを飲んでテレビを見ている。

「とにかく、そんなんは学生の行くとこやありません。あんた、もうすぐ期末試験やろ。ちゃんと勉強してんのか?」

「してるよ。いつも廊下に名前貼りだされてるやん。なあ、次の試験で三十番以内に入れたら、行ってええやろ」

「それとこれとは別や。そんなとこに行くのは不良です。不良はうちの子と違うで」

「お母さん」

「あかん。もうこの話は終わりや」

お母さんがピシャリと撥ね付けた。真智子ちゃんは残念そうに俯いて、もう何も言わない。ディスコってなんだろう。真智子ちゃんはものすごくそこに行きたいみたいだ。

「お母さんのケチ。行こ、クッキー」

真智子ちゃんはいきなり足元にいるボクを抱き上げた。

「これ、真智子。猫を部屋に入れたらあかんゆうてるやろ」

お母さんは怒ってるけど、真智子ちゃんは膨れっ面をして、ボクを抱えたまま階段を上がった。二階にあるふすまを開けると、そこが真智子ちゃんの部屋みたいだ。小さいベッドと机。ぬいぐるみ、壁には大きなポスターがいっぱい貼ってある。ブロッコリーみたいな髪型をした男の人がにっこり笑ってるポスターだ。

真智子ちゃんはボクを抱いたまま、ベッドに寝転がった。

「絶対にディスコに行ってやるねん。なんやねん、いつも勉強、勉強って。言われんでも、私はちゃんとやってるもん。なあ、クッキー」

真智子ちゃんが両手でボクを高く上げた。

「クッキー。私、大学生になったら一人暮らしすんねん。それで東京に行って、キャリアウーマンになるねん。なめ猫みたいに、可愛いファンシーグッズのデザインとか、できたらいいな。こんな伏見稲荷の古い土産物屋なんか絶対に継がへん」

真智子ちゃんはキャリアウーマンになりたいのか。

それを聞いて、ボクは嬉しくなった。千代ちゃんはキャリアウーマン。すごいな。キャリアウーマンはみんなの憧れなんだ。

「大丈夫や。東京に行っても、ひかりに乗ったらすぐ帰ってこれるし。ううん、それよりクッキーも一緒に東京へ行こうか。クロはお父さんの猫やしあかんかもな。「ミルクもクロのお嫁さんやから、連れて行かれへんかな」

真智子ちゃんはボクを床に下ろすと、横長の箱のボタンを押した。カチカチとかキュルキュルと音がして、音楽が流れる。すごくボタンの多いスピーカーだ。シンプルな機器ばかり見てきたので、新鮮だ。

そしてミルクっていうのは、白狐神のことなんだろうな。本人が聞いたら怒りそうだけど、たとえ間借りしている身とはいえ、命名権は飼い主側にある。センスはともかく甘んじて受けるべきだ。

窓からは少し欠けた月が見える。もうすぐ満月だ。真智子ちゃんが雑誌に夢中なので、部屋から出て、こっそり庭へ出た。綺麗な月で、数日後に嵐がくるなんて思えない。

嵐のあとは、何もかも元に戻るんだろうか。千代ちゃんもあと何日かで帰ってくる。

千代ちゃんが恋しい気持ちに変わりはないけれど、クロや真智子ちゃん、稲荷の猫たちとお別れかと思うと、寂しかった。

「ひかりっちゅうのは、新幹線のことや。日本で一番早いのが、ひかりや。俺の飼い主やった金持ちのオッサンが、ゆうとったわ」

「そうなんだ」

ボクは尊敬の眼差しを向けた。シマオは物知りだ。新幹線っていうのはのぞみだけだと思っていたのに、もっと速いのがあったなんて。千代ちゃんはいつものぞみに乗る。きっとひかりはお金持ちしか乗れない超高級列車なんだ。

かまぼこ入りの猫まんまを食べたあと、ボクとクロはまた伏見稲荷大社の千本鳥居を抜けて、広場に来ていた。もう人がたくさんいて、お参りをしている。野良猫たちに餌をあげている人もいる。

人間はおみくじが好きで、絵馬というのも好きだと、シマオは教えてくれた。

あと世間では『なめ猫』に、『おニャン子』という猫が人気のインフルエンサーらしい。きっとすごいフォロワー数だろう。羨ましい。

「そうだ、シマオ。ディスコって知ってる？　昨日、真智子ちゃんがお母さんと話してたんだ。ディスコに行きたいって」

するとシマオは顔をしかめた。

「ディスコか……」

「なんや、シマオ。ディスコて、危ないとこなんか」

ゴロリと寝ていたクロが起き上がった。シマオは渋い顔をしている。

「俺もよう知らんけどな、派手な格好した若者が暗い部屋にぎょうさん集まって、踊りまくってるらしいで」

「踊りまくってる？　なんやねん、それ」

「天井から車のヘッドライトみたいなんがビカビカ光って、耳が痛くなるようなでかい音がずっと鳴ってて、とにかくぎゅうぎゅう詰めらしい。そこで一晩中、踊ってるそうや」

「地獄絵図やん。なんや、それ。おいステテコ。真智子はそんなとこに行きたいゆうてんのか」

「うん。でもお母さんは駄目だって言ってたよ」

「うーん」とクロはうなった。「真智子はたまに無茶するからなあ。ディスコがそんなぎゅうぎゅう詰めのとこやって知ってるんかな。もしかしたら、騙されてるんと違うやろか」

「騙されてるって誰に？」

「世の中には悪いやつがいるもんや。高校生ゆうても、真智子はまだ子供やからな」

クロはまたうなった。クロは真智子ちゃんのことが大事なんだ。ボクにもその気持ちはとてもよくわかる。

伏見に来てからボクは確実にレベルを上げている。クエストやミッションは多いし、ダンジョン飯の猫まんまにも慣れた。必然的に強くなってしまうのだ。

だが、千代ちゃんを守るためにはさらなるレベルアップが必要だ。

「クロ。ネズミの捕り方教えてよ」

「なんや。急にやる気、出すやん。ネズミ捕ってほめてもらうつもりやな」

「それもあるけど、ボク自身のモチベーションの問題だね」

「モチとションベンの問題か」

クロに付いて千本鳥居のトンネルの外側へ出る。雑木林は枯れた笹で埋もれている。

「よし。ここやったら怪我せえへんやろ。ステテコ、高く飛んでみろ」

「うん」

ボクは目いっぱいジャンプした。笹の小山にダイブする。思ってたよりも遠くへ飛べて、自分でも驚いた。

「どう？　すごくない？」

「目的はネズミや。遠くへ飛ぶことと違う」

「そ、そうか」

「高くジャンプしろ。ピョンって背中から飛ぶんや。前足をピーンと伸ばしたまま、そのままネズミをドーンって抑え込むんや」

「ピョン、ピーン、ドーン？」

クロはなんの前触れもなく、足を揃えて藪へ飛び込んだ。ジャンプというより、まるで猫が笹山に突き刺さったみたいだ。

「すごい!」

「ネズミはすばしっこいから、勝負は一瞬や。蝶のように舞って、蜂のように刺すんや。両手でドーン! 先を読むんや! ネズミの軌道を見極めるんや!」

「よ、よし!」

ボクも笹山にダイブした。何度も何度も、頭から突っ込む。

「イメージや! そこにネズミをイメージするんや!」

「ピョン、ピーン、ドーン! ピョン、ピーン、ドーン!」

ボクもクロも、泥と枯れた笹まみれだ。ボクのサラサラだった毛はボロボロ。フローラルブーケの香りなんて、とっくに消えてしまった。

「お風呂に入りたいよう」

帰り道、クンクン自分の匂いを嗅ぐボクにクロは笑っている。

「嘘やろ。おまえってほんま変わってるな。風呂なんか普通、嫌やろ」

「ボクは綺麗好きなの。お風呂も好きだし、ブラッシングも好きだよ。抜け毛の多い時期は、毎日千代ちゃんが梳(す)いてくれるよ」

「毎日やとハゲるやんけ。俺は自分で舐めるわ。たまに真智子がやってくれよるけど、真智子は自分の前髪巻くので必死やからな」

「あー、あれね。トサカみたいなやつね」

「なんやねん、その微妙な言い方。真智子は前髪命なんやぞ」

クロがちょっとムキになってる。可愛い。

そういえば千代ちゃんも雨の日は前髪がペタンコになるって嘆いてた。女の人はみんな、前髪命なんだ。

「あれ？　でも真智子ちゃんのお母さんは、綿アメみたいな髪型してるね」

「そら、オバはんがおニャン子クラブみたいな頭してたらおかしいやん。オバはんにはオバはんの、流行りの髪型があるんや。ここらではみんな『カットサロンはなえ』に行きよるわ。ヘルメットみたいなん被らされて、出来上がったらみんな同じような大仏になってるんや。ははは」

クロは楽しそうだけど、ボクは衝撃を受けた。流行の発信地、カットサロンはなえ。みんながしてる流行りのカット、大仏。

「ボクもカットサロンはなえに行きたい」

「え、なんでや」

「ボクもその大仏みたいなのになりたいの」

「いやいやいや、猫は無理やろ」と、クロは気味悪そうに肩を縮めた。

「なりたい！　大仏になりたい！」

「耳はペシャンコ、手足は短い、頭は大仏ゆうたら、おまえそれはもう、猫ちゃうぞ。あ、ほら、招きネコ屋やで。もう一回、千代ちゃんのおっちゃんとおばちゃんがドワイから戻ってきてへんか見に行こ」

クロが駆け出した。大仏にはかなり心惹かれるけど、招きネコ屋も気になる。

クロと店を覗くと、中にいるのはやっぱり知らないおじさんとおばさんだ。掃除しているみたい。すると引き扉が開いて、人が出てきた。

「お父ちゃん。のれん仕舞うで」

若い男の人だ。男の人は足元にいるボクたちに気が付いた。

「あれ、おまえらどこの猫や」

男の人はしゃがむと、ボクを抱き上げた。手つきがすごく優しい。

「綺麗やから野良とちゃうな。なんやえらい高そうな猫やなあ。おもろい耳してるけど、可愛いなあ」

男の人はボクを抱いたまま、店の中に頭半分を突っ込んだ。

「なあ、お母ちゃん。この猫、どこの猫やろ？」

「泉商店で拾った猫やろ。あそこの娘さんが電柱に張り紙してはったわ。猫、預かってますって」

「そうか。おまえ、迷子か。ここらへんには野良がぎょうさんいるから、仲良くしてもらい。腹減ったら、白狐さんの社までおいで。毎朝、うちのいなり寿司がお供えしてあるさかいな」

「こら、哲司(てつじ)。そんなとこで油売ってんと、店閉めるの手伝ってや」

「はいはい。じゃあな」

そう言うとボクを優しく放して、店の入り口にぶら下がっているカーテンみたいなのを外した。ガラガラとシャッターを下ろすと裏へ消えていった。

「今のは招きネコ屋の息子や」クロが言った。

「また知らない人が千代ちゃんの実家にいるね」

「確かどっか遠いとこの大学行っとったはずやけど、帰ってきたんやな。そういや、おばちゃんが嬉しそうにうちのお母ちゃんに喋っとったわ。よそに就職せんと、店を継いでくれるんやってな。ここらはどこも古い店ばっかりや。うちの土産モン屋もそうやし、両隣の定食屋も、スズメの焼き鳥屋もずっと昔からある。お稲荷さんのお陰で、客が絶えへんからな」

「ボクがここへ来た日も、たくさん観光客っぽい人がいたよ」

「せやろ？　跡継ぎが戻ってきて、招きネコ屋も安心やな。頼りなさそうな息子やけどな」

クロとボクは伏見稲荷の大きな鳥居をくぐった。見上げる山の向こうは茜色から灰色に変わりかけて、また、ポツポツと星が輝いている。今晩も雲ひとつない。白狐神の予言する大雨は明日の夜中だ。でも、お天気アプリだって結構外れるんだ。大雨は降らないほうがいい。

開いた窓の隙間から家に入ると、制服を着たままの真智子ちゃんがいた。玄関の近くにある黒い電話で話をしている。真智子ちゃんのお父さんとお母さんはまだお店にいて、和室のテレビの前にはおじいちゃんが座っている。おじいちゃんはあぐらを組んで、重そうな黒い何かを膝に乗せて磨いている。

なんだろう。近寄って見ても、なんだかわからない。おじいちゃんは黒い物を顔のあたりまで持ち上げて、片目をつぶった。

「フィルムが一枚だけ残ってるんやけどなあ」

「おじいちゃん」と、さっきまで電話をしていた真智子ちゃんがおじいちゃんの隣に膝をついた。「じゃあクッキーのこと撮ってよ」

えっ！　ボク！

ビックリして尻尾がブワッと膨れた。おじいちゃんの持っている黒いのはカメラなんだ。スマホ以外で撮られるのは初めてだけど、なんだっていい。伏見に来て、初めての写真。どんなポーズをしようか。しまった、毛がボサボサだ。フローラルブーケのシャンプーじゃなくてもいいから、お風呂に入って汚れを洗わないと。

アワアワしていると、おじいちゃんはフンと大きな鼻息をついた。

「あかん、あかん。猫なんか撮ったらフィルムがもったいないわ」

「だって余ってるんやろ。撮らへんと、現像に回せへんやん」

「あかんあかん。現像代かって高いねんで。猫なんかじっとしとらんのやから、どうせ綺麗に撮られへん」

おじいちゃんはそう言うと「よっこらしょ」と立ち上がり、ふすまを開けて奥の部屋にいってしまった。

「ふん、ケチなんやから」

真智子ちゃんも二階へと行ってしまい、ボクだけが残される。茫然としてしまう。写真なんて、何回撮っても減るもんじゃないのに。気に入らなかったら撮り直せばいいし、失敗したら消せばいいのに。

っていうか、写真じゃなくても、動画でいいじゃん！　動画でいいじゃん！

「おい、ステテコ」

クロに呼ばれても、まだ涙ぐんでいた。

「俺、ちょっと出てくるわ。先にメシ食っててええけど、俺の分の玉子焼きとかウインナーとかちょろまかすなよ。匂いでわかるんやからな。おじょうにも言うとけよ」

クロもいなくなって、ボクだけだ。

ボクは決めた。絶対にカットサロンはなえに行って、大仏にしてもらう。そしてネズミ捕りの動画をアップして、フォロワー数を増やして、インフルエンサーになる。そうなってからおじいちゃんがボクの写真を撮りたいって言っても、遅いんだから。

「おい、お揚げ小僧」

突然声をかけられた。白狐神だ。白猫の姿だ。

「おまえ、ちょっと来い」

「いいけど、クロがいないよ。どっか行っちゃった」

「ええんや。おまえに用がある」

白狐神はどこにも足をかけずに、一気に小窓の隙間から抜け出る。すごいを通り越しているので真似しようとは思わない。でもボクもかなりスムーズにのぼれるようになった。要するに、ちょっとの足場があればなんとかなるのだ。

外に出て、白狐神に付いていく。周りはもう暗くて、参拝客もほとんどいない。お店も閉まりかけている。

「どこ行くの？　鍵と珠なら、そろそろお山に遊びに行く頃だよ」

「下調べは充分した。今日は決行や」

薄暗い境内に、鍵と珠がいた。白猫の姿だ。隅っこのほうで二匹並んで身を屈めている。その視線はスズメを焼く店先に向いている。

「またスズメ狙ってる」

「見ろ。眷属ともあろうもんが物欲しそうにして、みっともない」

「何回も盗み食いしようとしてるけど、お店の人が阻止してるね」

「向こうもプロやからな。あいつらのガサツな動きでは無理やったな。よしよし」

白狐神はニヤリと笑うと、優雅な足取りで鍵と珠の前に出た。

「鍵、珠。そんなにスズメの丸焼きが食いたいか」

二匹は顔を見合わせると、シュンと肩を落とした。

「食べたい……。でもお店の人がイジワルするねん」

「そうやねん。俺ら、ひと口舐めるだけでええのに」

「アホ。イジワルちゃうわ。猫が舐めたら売り物にならんやろうが」

小柄な白狐神に二匹が怒られているのは、見ていてちょっと微笑ましい。なんだかお母さん猫に、大きくなった兄弟猫がたしなめられているようだ。二匹はいたずらっ子だが、人に噛みついたり引っ掻いたりはしない。優しい子だ。この先いつまでも、伏見稲荷の白狐として仲良く暮らしてほしい。できれば、取り壊しなんかしないでほしい。

「よし、わかった。そこまで言うなら、おまえらに代わって、今からこのお揚げ小僧がスズメをくすねてきよる。おまえらは待っとれ」

「え？」

しんみりしていたボクはびっくりして、白狐神を見た。

今、くすねるって言った？

「お揚げ小僧、優しい」と鍵と珠が目を輝かせる。

「いやいや、間違ってるでしょ。そういうのは優しさじゃないし。え？　なんでボクがそんなコソ泥みたいなことを？」

「それやったらクロにやらせるか？　伏見稲荷で平和に暮らしてるあいつに、よその縄張り荒らしてこいって言うんか？　ひどいやろ。私はそんなことよう言わんわ」

「いや。なんか違うんですけど」

「おまえはあと少しでここからいなくなる。ちょっとくらいスズメ泥棒の指名手配くらってもええがな」

「眷属なのにモラル低くない？」

「だまらっしゃい。行くで」

本当にやる気だ。白狐神はスズメの丸焼き屋から少し離れた場所で声を潜めた。

「ええか。店の横にゴミ箱があるやろ。客の食い残したスズメを狙うで」

「お店の人に見つかったらホウキで追い回されるよ。それにここらを縄張りにしてる猫に怒られちゃう」

「大丈夫や。もうちょっとしたら片付けで店が手薄になって、一瞬だけガラ空きや。この時間、猫たちは裏口で残飯待ちしてるんや。店側と協定結んで、うまいことやってるんやな。そういうのも、昔のええところや」

鍵と珠がスズメ狙いしているのを白狐神に教えたのはボクだけど、白狐神もいつの間にかめちゃくちゃ下調べしている。にじり寄る動きが本気だ。

「あっ、店の人が引っ込んだで。行くぞ、お揚げ小僧」

「とうとう泥棒に……。うええ」

白狐神が飛び出したので、仕方なくボクも走る。金網のゴミ箱は蓋もなく、飛び付くと簡単に倒れた。大きな音がしてゴミが散乱する。

「早くしろ！　スズメを盗め！」

「うええん」

泣きながら、割り箸や紙皿、ビールの空き缶を掻き分ける。なかなか目当ての物が見つからない、と思ったら、底のほうに丸焼きにしたスズメの頭がゴロゴロと残っていた。

店の人が怒鳴りながら出てきた。その時にはボクと白狐神はスズメの頭を咥えて、猛ダッシュしていた。振り返りもせず全力で走る。楼門の前では鍵と珠が行儀よく座って待っていた。咥えていたスズメをひとつずつ、二匹の前で放す。赤茶色の頭にクチバシがあって、なかなかリアルだ。ボクの口にも味が残っているけど、醬油が濃すぎて無理だ。すべての意味でパンチが効いている。

「わあ！　スズメや。俺らが食べたかったやつや」

「俺らのために、スズメ持ってきてくれたんや」

二匹は目をキラキラさせて、匂いを嗅いだり、舌先で舐めたりしている。

「えへへ、辛いね」

「うん、辛いね」

楽しそうだ。クスクス笑いながらスズメの頭を舐めている。拾い食いさえしなかったボクがゴミ箱を倒してまで盗ってきたスズメだ。喜んでくれて少し報われる。

「どうや、おまえら。うまかったか」

見ると、白狐神もボリボリとスズメの頭を食べている。

「うん。美味しかった。スズメ美味しいな」

「うん。美味しいな。俺ら、伏見稲荷に来てよかったな」

「そうか」と、白狐神は優しく笑った。「明日も、あさってても、しあさってても、ずっとこのお揚げ小僧がスズメを持ってきてくれるぞ。だからおとなしく待ってるんや。明日の夜は嵐が来る。嵐がすぎるまで銅像の中でゆっくり寝てるんや。全部終わったら、また好きに跳び回ったらええ。嵐がすぎたら……もう私は怒らへんから」

鍵と珠は顔を見合わせた。

「スズメもらえるって。やったな」

「うん、やったな。お揚げ小僧、ありがとうな。変な汁、全然垂れてへんで」

「うん、ネバネバしてへんで。ありがとう」

鍵と珠はそう言うと、薄く光るキツネの姿に変化(へんげ)した。そしてすぐ、銅像に吸い込まれていった。不思議な光景だった。

白狐神が歩き出す。クロの土産物店がある商店通りとは違う方向だ。ボクは後ろから付いていった。

「ねえ、おじょう様。さっきの嘘だよね」

「何がや」

「だって、ずっとなんて無理だよ。ボクは千代ちゃんのマンションに帰るんだし、それに嵐がすぎたら何が起こるの？　明日は大雨が降るんだよね。それで、稲荷山の土砂が流れ込んでくるんでしょう」

「そうや。土砂が押し寄せる」

「でもたいしたことはないんだよね？　人間の家には被害はないって」

「そや」と、白狐神は白狐社の前で止まった。土台の一箇所に出入り口となる黒い格子がはまっている。そこには銘菓と書かれた饅頭が添えられていた。

「明日の夜中、押し潰されるのはここだけや」

白狐神は吊り上がった目で真っ直ぐに見つめてくる。ボクは意味が理解できずに、瞬いた。

「押し潰されるって……白狐社が？　でも、おじょう様の形代はこの木の像なんでしょう」

朱色の柱で組まれた社の軒下に、キツネ像が置かれている。

少し色褪せてはいるけど木目が美しい。姿勢よく座り、ピンと張った前足は、絶対にこの場所から動かないという強い意志を感じる。見つめる視線の先には、伏見稲荷大社がある。

「そうや。これが私や。夜な夜な遊び回ってた鍵と珠は、偶然、土砂に押し潰されそうになってた白狐社を守ってくれたんや。時には山崩れを防ぎ、時には嵐を逸らせ、そして時には、人間のようすがとなる稲荷大社を守る。それが白狐の役目。明日の夜に起こることや。あの時は二匹に感謝した。お陰で、白狐神として伏見稲荷と共に生きてこられた。けど、最後に待ってるのはＡＩ白狐や。それを聞いた時の私の気持ちがわかるか？　婦人支部かなんか知らんけど、社のゴミを片付けるでもなく、ケラケラ笑いながらＣＧにしたらええとか、アニメのほうが安くつくとか……。なんとか我慢しようと思ったけど、無理やった。腹が立って、腹が立って、気が付いたら千本鳥居をこっちに向かって走ってた。私は、ＡＩ白狐になんかなりたくない。古ぼけてても、この木目の尻尾がええんや」

「おじょう様」

形代が無くなったら、白狐はどうなるんだろうか。

数日後に銅像が取り壊される鍵と珠は、その時すでに下界から消えてしまっていたという。でもまだ白狐神はここにいる。順番が逆なのか、それともボクの理解が追いついていないのか、とにかく意味がわからない。

ボクの考えを読んだように、白狐神は笑った。

「これからここで起こることは、おまえにとっては四十年近く前のことや。気にせんでええ。鍵と珠がこのままおとなしくしててくれたら、白狐社は流されて、私も一緒に消え失せる。それが一番自然な方法や」

「全然、自然じゃないよ！」

いきなり衝撃的なことを言われて呆けていたけど、急に目が覚めた。

「白狐神の社が流されるのを知ってて、見ない振りなんかできないよ！　鍵と珠にはそれを止める力があるんでしょう？　だったら守ってもらおうよ！　今すぐ形代から出てきて、明日の夜までずっと一緒にいてもらおうよ」

「アホか。なんのためにスズメ泥棒までしてん。大丈夫や。今はあの通りのやんちゃ坊主やけど、あいつらは私がいなくなったあともしっかり役目を果たして、伏見稲荷の白狐として人間を守り続ける。私はそれを知ってるから、安心して消えていけるんや」

「だけど、だけど」

白狐神は偉そうだし、プライドが高くて、変なことばかり言い出す。

でも一緒にいた数日間、ボクはとても楽しかった。白狐神もとても楽しそうだった。消えてしまいたいなんて、本当は思っていない気がする。

「おじょう様。婦人支部の改革って、まだ先の話だよ。もしかしたら誰かが反対して、なくなるかもしれないよ」

「それを決めるのも、人間自身や。私はもう向こうには戻らへん。ハリボテのA

Ｉ白狐にされるのを待つか、自分で自分の社をぶっ壊すか、どっちとも御免や。だから最後に一度だけ形代から抜け出て、自然に淘汰されるこの時代を選んで来たんや。心配せんでも、嵐が来る前にはおまえを元の世界に戻したる」

「そんな心配は……」

していない、わけじゃない。

ボクは千代ちゃんの元に帰らなくてはいけない。千代ちゃんは、ボクを待っている。

「おまえには、待ってくれてる人がいるんやな」

白狐神が言った。羨ましいと、顔に書いてある。

「そう信じれることは幸運や。私には、戻ったとしてもええことは待ってへん」

「おじょう様」

「このこと、クロには言うなよ。あいつはショックやろ。私にぞっこんやさかいな」

「ぞ……」

たぶん、それは違う。

でも何も言わないでおく。ディスられたり、お供をしたり、そんなのは全然平気。勘違いも笑えるし、スズメ泥棒だってもう一回くらいは付き合ってあげる。だけど、ボクには帰らないっていう選択はない。千代ちゃんは、絶対に待っているから。

明日には消えてしまうという白狐神。そして元の世界に戻っても、独りぼっちだと言う。その寂しさは、とてもよくわかった。

朝ご飯を食べ終わると、クロが言った。

「よし、祇園に行くで」

クロは窓の隙間から外へ出た。ボクは慌てて追いかけた。外にはシマオが待っている。

「悪いな、シマオ」

「かまへん、かまへん。けどそいつらも連れて行くんか？　結構遠いぞ」

「遠いのか。では籠を呼べ」

「アホ言うてんと歩け」

一緒に外へ出てきた白狐神にクロが言う。白狐神は昨日の内緒ごとなどなかったかのように、ボクが少し残した朝ご飯を平らげて、シレっとしている。

「今からやったら、ステテコの短い足でも夕方には着くやろう。シマオ、道案内頼むわ」

「ほな行こか」

シマオが先に行き、クロも歩き出し、ボクらはとりあえず付いていった。

「クロ、祇園ってどこ？」

「祇園は京都の繁華街や。俺は行ったことないけど、シマオやったら京都のあちこちで野良やってきてるから、詳しい。そこは飲み食いする店がぎょうさんあって、夜でも賑やかで、舞妓（まいこ）さんと芸妓（げいこ）さんいう強者が仕切っとるらしいわ」

「せや」と、前を歩くシマオがチラと振り返った。「オッサンがよう祇園の話をしとったわ。祇園っちゅうのはそら恐ろしいところで、一晩で、すってんてんにされたゆうとったわ」

「そんな怖いところに、どうして行くの？　よりによって……」

後ろを振り返ると、白狐神の視線が痛い。今日の夜のことを相談したいが言えない雰囲気だ。

でもよりによって、雨で土砂崩れがあるという日に、伏見稲荷から離れたくない。シマオとクロはどんどん先に進んでいく。すってんてんとはなんだろう。舞妓さんのことは知っている。千代ちゃんが舞妓体験というハッシュタグで真っ白に塗りたくった写真をアップしてたことがある。本物の舞妓さんは、シマオの飼い主だったおじさんをひどい目に遭わせるほどの剛腕らしい。

クロは少し歩幅を緩めると、ボクの隣に並んだ。

「昨日の夕方に真智子が電話で喋っとったんや。今日の夜、真智子は友達と例のディスコに行くらしい」

「えっ！　でもお母さんは駄目だって言ってたよ。ディスコに行くのは不良だって」

「そうや。そのディスコが祇園にあるんや」

「ええ！」ゾッとして全身の毛が逆立った。「だけど、お父さんもお母さんも許さないよ。危険だもん」

「今夜は稲荷会の会合があるんや。会合いうても名ばかりで、集会所で飲み食いして、夜遅くまでドンチャン騒ぎしよるねん。夕方になったらじいちゃんも、お父ちゃんもお母ちゃんもそれに出かけるから、真智子はこっそり家を抜け出すつもりや」

まるでサブスクで観たスパイ映画みたいだ。今夜、真智子ちゃんは行ってはいけないところに行こうとしている。

「どうしよう、クロ。ボクが観た映画では、主人公と女の人は爆発するビルから飛び降りていたよ」

「ビルの爆発はたぶんないと思うけど、とにかく俺らがディスコに潜入して、もし真智子が危ない目に遭いそうやったら助けるんや。ええな、ステテコ。おまえはドンくさいけど、昨日特訓したネズミ捕りのジャンプがある。あれで悪いやつを捕まえるんや」

「うん、わかったよ」

早くも胸がドキドキしてきた。

真智子ちゃんはボクの飼い主ではないけど、優しいし、何よりクロの大切な家族だ。

シマオは塀をつたったり、ブロックの隙間を抜けたりと、どんどん進んでいく。ボクはなんとか付いていく。すると道路に人が増えてきた。シマオが横に並ぶ。

「この先にあるのが東福寺や。あそこも観光名所やさかいな。紅葉が綺麗やねん」

「枯れた葉っぱなんか見て、何が楽しいんや」

クロは呆れている。シマオが先に進んだ。

「横切るで。京都観光や」

そう言ってシマオは白い塀に飛び乗ると、向こうへ行ってしまった。塀の上は三角の瓦が敷いてあって、クロも軽々と飛び乗る。かっこいい。

「こい、ステテコ！」

クロは瓦の上で待っていてくれる。ボクは思い切り飛び上がった。迷いなく跳んだので、自分でもびっくりするくらい軽く飛び乗れた。クロがニヤリとする。

「やるやないか」

「うん！」

「私かって、これぐらい」

後ろから白狐神も付いてきている。狭い足場を軽やかに歩き、尻尾が細くたなびいている。とても優雅だ。

「どうや、この上品な足取り。モデルみたいやろ」

「うん。ステージを歩くパリコレモデルみたいだね。さすがだね、おじょう様」

「ふふふん」

調子に乗る白狐神はとてもわかりやすく上機嫌だ。前を歩くクロが振り返った。

「様付けのその呼び方、高飛車やなあ。仲間なんやから、他にもっとお気軽なあだ名ないんか」

「な、なんやと。おまえ、眷属をお気軽に呼ぶ気か」

優雅だった白狐神の縞模様の尻尾がピンと立った。目をひん剝いている。

あだ名はセンシティブだから、あまり介入したくない。でも確かに仲間だし、真智子ちゃんが付けた名前なら、白狐神にぴったりな気がした。

「真智子ちゃんがミルクって呼んでたけど、どうかな?」

「ミルク?」と、白狐神はギョッとしている。「おまえそれ牛乳とちゃうんか」

「あはは。ええやん。白いし、メスらしくて可愛いやんか」

クロは笑うと、サッサと前へ行く。こういうさりげないところが、モテる秘訣なんだと思った。しかも本人は無意識だろう。白狐神もモジモジと俯いて文句を言わないので、たぶん、照れている。

東福寺の外堀から降りると、囲いの中はまるで森だ。赤や黄色に染まった木がいっぱいだ。たくさんの建物があって、なだらかな坂に苔が生えている。

落ち葉がいっぱい敷き詰まった広い庭に出た。辺り一面が真っ赤だ。縦に並んだボクらがそこを走ると、屋根のある長い廊下にいる人たちがワッと声を上げた。みんな、笑って指差している。

どうしてスマホで撮らないんだろう。絵的にかなりのいいねが付くのに、もったいない。そういえばクロの家の人も、スマホをさわっているのを見たことがない。

また塀を乗り越えて道路に出た。走りながらクロに聞く。

「ねえ、伏見の人はどうしてスマホを持ってないの？」

「なんや、スマホて」クロが後ろを見る。

「スマホはスマホだよ」

「だからなんや、それ。初めて聞いたぞ」

スマホを知らないんだ。でもスマホには正確な名称があったはずだ。クロはきっと、そっちで覚えてるんだ。なんていうんだっけ？　スマ、スマ……。

「スマ、スマ、スマートフォン！」

「なんや。スマスマスマートフォンて」

駄目だ。全然通じない。

だけど走っているうちにわかった。あっちこっちに伏見稲荷と同じような鳥居やお堂がある。京都の町は神社とかお寺がいっぱいだ。きっと大事な建物だから撮影禁止で、情報を拡散しちゃ駄目なんだ。だから京都はスマホ持ち込み禁止なんだ。

やばいぞ。千代ちゃんはそのことを知らない。

実家に来る電車の中でもスマホでゲームしてたけど、あの時もきっと周りからは白い目で見られていたんだ。今度千代ちゃんが京都でスマホを取り出したら、シャーしてでも止めなきゃ。

「ようし、だいぶ東のほうまで来たな。もうちょっとで八坂(やさか)神社や。その前に、どっかでメシ調達しよか」

「そやな。腹減ってきたな」

シマオとクロはフンフンと鼻を鳴らし出した。ボクもおなかが空いてきた。周りはもう薄暗く、夕飯時なのかいい匂いがする。

「どこかのおうちで猫まんまもらうの？」

大きな道路からは外れた住宅地だ。誰かにお願いしてご飯を恵んでもらうのだろうか。シマオがフイと鼻先を向けた。

「よし、こっちや」

走るシマオに付いていくと、一軒の家の玄関前に犬が寝そべっていた。犬は三角屋根の小屋に繋がれている。

「よっしゃ。あれ、かっぱらうで」

そう言ってシマオとクロは寝ている犬に近付いた。体を地面すれすれに低くし、足音も立てずに、犬のそばにあるお皿に近寄っていく。

ボクはポカンとした。え、泥棒するってこと？　スズメの丸焼きに続いて、今度は犬の餌を？

二匹はお皿に手をかけると素早くそれを動かした。音に気付いた犬が起き、途端に大声で吠えかかる。だが繋がれているのでギリギリ届かない。

「おい、ステテコ！　ミルク！　おまえらもはよ食え！」

クロはガツガツと犬の餌を食べながら言う。そのすぐそばでは犬が暴れている。

玄関が開いて、人間が出てきた。すると二匹はすごい勢いで逃げた。ボクも慌てて逃げ出す。後ろではまだ犬が吠えている。

「全然足りんな。他にも探すで」と、シマオがまた鼻を鳴らす。色んなことが理解不能で目が回りそうだ。

「ねえクロ、どうして犬が外にいるの？」

「何ゆうてんねん。犬は外、猫は内やろが」

クロもフンフン鼻を鳴らす。「こっちや」今度はクロが嗅ぎ付けたようだ。

犬も内、猫も内では？　二匹が家の塀を超えたのでボクもそれに続くと、庭に小屋があって、その中で犬が寝ていた。お皿には食べ残しの餌がある。

犬が爆睡しているので、大胆にもクロとシマオは犬のすぐそばで餌を食べ出す。

「こら、ステテコ！　サッサと来い！」

クロが小声でボクを呼ぶ。あり得ないくらい犬が近い。でもおなかは空いている。でも怖い。

「フン、伏見の猫も落ちたもんやな。犬の餌をかすめ取るとは」

白狐神はそう言うと、餌の皿に顔を突っ込みガツガツと食べている。ボクは呆れてしまった。

「自分だって食べてるじゃん」

「うるさい。私は犬でも猫でもあらへん。なんでもオーケーや」

白狐神がガリゴリと音を立て嚙み砕いているのはカリカリだ。それを見た途端、怖さも吹っ飛んでボクも犬の餌にかぶりついた。久しぶりのカリカリの美味しいこと。夢中で食べる。

「よし、次行くで」

クロとシマオは次々に餌を見つけてきた。そのあともそこら中の家の犬の餌をかっぱらい、犬に嚙みつかれそうになったり、飼い主らしき人間に怒鳴られたりとスリル満点だった。興奮してクロに言う。

「あー、ドキドキした。ボク、犬のご飯なんて初めて食べたよ」

「ははは、そうか。俺もほんまは自分ちのメシで充分やけど、たまにやったるねん。普段は犬のほうが人間にチヤホヤされて、でかい顔してるけど、犬は繫がれてるからな。すばしっこさやったら俺ら猫の勝ちや」

「へえ。京都の犬猫事情はおもしろいんだね。統計では猫の飼育数のほうが上なのに」

「はあ？　何ゆうてんねん。ほんまおまえはおもろいな」

クロはまた鼻を鳴らした。

「俺、まだ食い足りんからもう一軒行ってくるわ。おまえらどうする？」

「ボクはもうおなかいっぱい」

「俺もええわ」とシマオも言う。

「ミルクは？」

クロに聞かれて、白狐神はモジモジしている。

「えー、私は少食やし。でもどうしてもって言うなら付き合ってやっても」

「ほな俺一人で行くわ」

「いや、ちょっと待てや」

走るクロと白狐神の後ろ姿を、シマオは笑って見ている。

「まったく、家猫は胃が大きいわ。ステテコはそうでもなさそうやけどな」

「うん。ボクはね、肥満防止のアプリで体重管理されてるんだ。猫は太りやすいからって、千代ちゃんが細かいの」

「そういえばステテコは居候（いそうろう）なんやったな。おまえの飼い主はどんな人間や」

「千代ちゃんだよ。すごく優しくて、いい人だよ。それにみんなの憧れのキャリアウーマンなんだよ」

「そうか」

シマオは優しく言った。初めて会った時はとても怖い猫だと思った。目が鋭くて、ギラギラしていた。でも今はとても柔らかい。

シマオは元家猫だったという。一人で外に散歩に出て、救急車のサイレンの音にビックリして逃げているうちに帰り道がわからなくなって、それきりらしい。でも野良が性に合っているので、飼い猫時代のことはほとんど忘れてしまったという。そのわりにはよく元飼い主の話をするので、本当は忘れていないんだとクロが言っていた。

クロたちが戻ってきたので、ボクらはまた先へと進んだ。シマオが石の階段を上がっていく。

「ここが円山公園や。桜の時期は一晩中アホみたいに騒いどるけど、秋は静かなもんや」

公園というより、広場だ。銅像と池とたくさんの木がある。柵に囲われた大きな樹が見えてきた時、シマオが言った。

「あれが祇園のしだれ桜や。そういえば、オッサンが花見はここが一番やてゆうとったわ。よし、八坂神社を通り抜けたら四条通に出る。そこからはすぐや」

シマオが西へ直角に曲がる。ボクは葉っぱの赤く染まったしだれ桜をチラと振り返った。映像でしか桜を見たことがない。満開の桜ってどんなのかな。きっと綺麗なんだろうな。

走っていると足場が砂利に変わった。公園と神社は続いているようだ。伏見稲荷に似た大きな本殿には紐付きの鈴があって、人間はそれを引っ張って願い事をしている。おみくじに絵馬、小さな神社がたくさんある。伏見神社は山の一部だけど、八坂神社は森の中って感じだ。

「大きな神社だね」

「八坂さんや。京都の繁華街では一番でかい神社や。正月は人であふれかえっとる。さあ、四条通に出るで」

八坂神社の出口は鳥居ではなく、立派なお屋敷みたいな門だ。広い階段を駆け下りると、目の前には大きな道路が伸びていて、すっかり暗くなった街の中は車の明かりでいっぱいだ。伏見と随分雰囲気が違う。

「わあ、お店や人がたくさんだね」

「そや。ここらは遅くまで賑やかや。ほら、踏まれんなよ。付いてこい」

人の多い歩道の端っこを四匹並んで早足で歩く。ようやく、シマオが止まった。

「ここや」

見上げたのは、ビルほど高くはないが、横に長い変わった建物だ。壁に大きな絵が描いてあり、看板には電飾、ズンズンと低い振動音がする。

「これが祇園ビルや。この中にディスコがある。ほれ、見てみい」

ボクらは祇園ビルの隅っこで様子をうかがった。続々と人が中に入っていく。短いスカートを穿（は）いた女の人、頭に何か塗りつけているのか、テカテカに光ってる男の人たちだ。クロはその人たちを見て、うなり声をあげた。

「なんちゅう悪そうな連中や。シマオはこの中に入ったことあんのか？」

「いや、あらへん。入れそうな場所があるか偵察に行こか」

「そうやな。おい、ステテコ、ミルク。おまえらはここで待っとけ」

ボクも、と言うより先に、二匹はあっという間にいなくなった。仕方なく、人に見つからないように建物の陰に隠れる。

「バブルってやつやな」と白狐神は、頭がニワトリのトサカみたいな女の人たちを見て、フンと鼻息をついた。

「どいつもこいつも好景気に浮かれとる。この何年後かに、日本中がえらいことになるのも知らんと」

「えらいことって？」

「バブル崩壊や。膨らみすぎると、いつかは弾ける」

たまにボクらと目が合う人がいるけど、猫には興味がないみたい。知らん顔で通りすぎていく。

「そのあとはおまえが知ってる世界や。殺伐として、混沌として、うわべでしか神様に手を合わせへんようになる。さっきの八坂神社も同じ運命や」

「そんなに変わるの？　世の中は」

　ボクの知っている情報は、スマホやテレビで見聞きしただけだ。マンションの部屋の中はいつも平和で変化がない。

　でも、外はきっと変わっていくんだな。千代ちゃんや、千代ちゃんのパパママ、真智子ちゃんたちが生きる世界はずっと流れていて、白狐神はそれを見てきたんだな。

　そう思うと、世間知らずな自分がちょっと情けない。

　車のライトがまともに目に入ってきた。顔を伏せると、フッと光が遮られた。

「あれ、おまえ」

　優しい声に顔をあげると、男の人がそばに立っていた。その人はしゃがむと、ボクの顔を覗き込んだ。

「おまえ、昨日、店の前にいた子とちゃうか。なんでこんなとこにいるんや」

　招きネコ屋のおにいさんだ。

　おにいさんはボクを両手で抱き上げた。後ろから、別の男の人が声をかける。

「なんや、哲司。どうした」

「猫がいるねん」

「猫？」と、後ろの男の人は呆れている。「おいおい、今からディスコ行くのに、こんなとこで猫拾うなや」

「ちゃうねん。この猫、俺の近所の猫やねん」

「近所の猫ってなんやさ。おまえんちの猫か？」

「いや。伏見稲荷の猫や」

招きネコ屋のおにいさんは顔を近づけると、ボクの耳のあたりをジロジロ見た。

「やっぱりこのペチャンコ耳。そうやわ」

「気を付けろよ、引っ掻かれんぞ。おまえ、京都帰ってきて初めて遊ぶんやろ。ディスコで可愛い女の子に声かけようさ。彼女ほしいゆうてたやんけ」

「うん……」

招きネコ屋のおにいさんが自分の鼻をボクの鼻にちょこんとくっ付けた。情報交換の鼻チューだ。

——あれ？　この人、なんだか知ってる気がする。

おにいさんは気まずそうに笑った。

「俺、やっぱり行くのやめとくわ。こいつ、伏見に連れて帰る。野良やとしてもほっとかれへん」

「おいおい、何ゆうてんねん。そんなん連れて電車乗られへんやないか」

「あ、そっか……。そやったら、タクシーで帰るか」

招きネコ屋のおにいさんはボクを抱いたまま道路のほうを見た。おにいさん、ディスコに行かなくていいのかな？　お友達、呆れちゃってるよ。

ふと気が付くと、ビルの陰でクロとシマオがこっちを見上げている。偵察から戻ってきたようだ。ボクがおにいさんに捕まっていると思ったのか、シマオが毛を逆立てた。やばい。おにいさんが引っ掻かれちゃう。

ボクは慌てて体をひねらせ、おにいさんの手から飛び降りた。

「あっ、こら」と、おにいさんが追いかけたけど、ボクはクロたちと一緒にビルの隙間に逃げ込んだ。奥の暗いところから身を低くして見ていると、おにいさんはボクを探して少しの間ウロウロしていたけど、友達に呼ばれて行ってしまった。

招きネコ屋のおにいさん。ありがとうね。大丈夫だよ。ボク、自分で帰れるからね。

「何捕まっとんねん、おまえは」

「えへへ、ごめんね」クロに怒られてボクは笑った。「入れそうな場所、あった？」

「おう。地下やけど、ダクトから簡単に入れるわ。行くぞ」

「うん」

胸をドキドキさせて、通気口の隙間から中に入る。白狐神も一緒だ。今夜の嵐のことを思うと不安だけど、今はこの超高難度ミッションに集中しなくては。絶対に寝落ちとか鯖落ちとか、許されない。四匹で力を合わせて、不可能ミッションを可能にするんだ。

クロの尻尾を追いかけてダクトをぐるぐる回っていくと、音が大きくなってきた。ズンズンと体が跳ね上がるような音だ。

通気口の行き止まりで、ボクらは止まった。網の蓋から店の中が見える。暗がりで、赤や緑のライトが光る。まるで四方八方に乱れ撃つレーザービームのようだ。おまけに大音量で音楽が流れている。耳がペシャンコでよかった。ピンとしていたら、塞ぎたくなるくらいの大きさだ。

「すごい音だね。なんか体に響いてくるよ」

「ほら、ステテコ。見てみい。ぎょうさん踊ってるわ」

クロが下を覗き込んでいる。ボクも見てみた。フロアでは男の人も女の人も、大勢が踊っている。

「イケイケやな」と、クロは顔をしかめた。

「わりと楽しそうだね」

フロアの周りには椅子やソファがたくさんあって、そこで座っているだけの人もいる。思っていたほどぎゅうぎゅう詰めではない。

「まだ宵の口やからな。人間っちゅうのは夜がふけるほど、ハメを外して騒ぎよるもんや。稲荷会の会合でも、オッサン連中が服脱ぎ出しよんのはもっとあとや。そのあとは喧嘩して、最後はゲー吐いて寝てしまいよる。そうなる前に真智子をこっから帰らせんと」

「真智子ちゃん、いるの？」

室内は暗く人も多いので、どこに誰がいるのかさっぱりだ。クロが鼻先で奥にあるソファを指した。

「見ろ。あそこに座っとる。隣にいるのが友達のあっちゃんと佳恵ちゃんや。よくうちに遊びにきよる」

目を凝らすと、確かに端のほうのソファに真智子ちゃんがいた。なんとなく居心地悪そうに座っている。

「真智子の近くにいくぞ」

「うん」

クロが先導し、天井のダクトを回ると、ちょうど真智子ちゃんたちが座るソファの近くに通気口があった。隙間からよく見える。

「あれ？　シマオがいないよ」

さっきまでいたはずのシマオがいない。クロは隙間から下を睨んでいる。

「シマオは別のとこに潜り込んでる。もうちょっとしたら騒ぎになるさかい、そしたら真智子も怖くなって帰るやろ。ん？　なんや、あいつ」

真智子ちゃんたちに男の人が話しかけている。紫っぽいスーツを着た男の人だ。両肩は小皿でも縫い付けてあるのか、ものすごく尖っている。

「あの人も友達？」

「いや、知らんやつや。ナンパかな」

男の人は笑顔でソファに座った。真智子ちゃんも笑顔だけど、緊張しているのか困っているのか、ぎこちない。クロの目がさらに険しくなる。

「あいつ、なんかニヤニヤして気に入らんな。俺、知ってんねん。ああやって、胡散臭い笑顔で近付いてくるやつはだいたい悪人やねん。俺は毎週、お母ちゃんと火サス見てるさかい、わかるねん」

「火サス？」

「火曜サスペンス劇場や。ドラマやと、ヒロインは犯人に崖っぷちへ追い詰められるんやけど、さすがに崖は」

「あっ！　見て、クロ。ナンパの人が！」

真智子ちゃんの背中に手を回して、フロアに連れていこうとしている。真智子ちゃんは首を横に振って、明らかに困っている。

「あいつめ。真智子を崖に連れ出すつもりやな。行くで、ステテコ。真智子を助けるんや」

「う、うん」

よくわからないままクロに付いていく。クロは別の通気口へ回ると、室内に入った。たくさん人がいるけど、光が飛び交っているのは上のほうばかりで足元は暗い。すり抜けていくボクたちに誰も気が付かない。ボクたちはソファの裏に隠れた。

「よし、ステテコ。向こうに箱の上でレコード回してる男がおるやろ。シマオが、あいつがここのボスやゆうてた。さっきからあいつがなんかするたび、音楽が変わったり光の色が変わったりしよる。みんな、あいつに踊らされとるんや」

「レコードって何？」

「レコード知らんのか。まあ、おまえはテレビとか電話も知らんのやからな。レコードっちゅうのは音の鳴る円盤や。そんであのリンゴ飴(あめ)みたいなんがマイクや。声がでっかくなる。もうちょっとしたらシマオがあいつをやっつけよる。そしたら音も光も止まるはずや。俺はこのナンパ男を……」

クロはソファに爪をかけると裏側からのぼっていく。すぐそこにナンパの人がいて真智子ちゃんたちに笑いかけている。クロは向こうには見えないギリギリのところで動きを止めた。ボクはドキドキした。これから何が起きるのだろうか。

そして次の瞬間。

「ぎゃー！」

大きな音楽よりもさらにすごい叫び声がした。台の向こうでレコードを回していた男の人の頭に、シマオが張り付いている。おでこに爪を立てられたレコードの人はシマオを引き剝がそうと走り回る。

店中の人が硬直している。するとその隙に、クロはものすごい早さでナンパの人の耳に爪を立てたパンチを食らわせた。

「ぎゃー！」

今度はナンパの人が悲鳴をあげて飛び上がった。咄嗟（とっさ）にボクもソファの裏から出た。笹山で練習したように、狙い目がけてジャンプする。ナンパの人の靴をギュッと踏むと、ナンパの人はまた悲鳴をあげた。

「ひいいい！」

足元が暗いせいか、こっちがビックリするくらいナンパの人は飛び上がった。途端にディスコ中が騒ぎになる。隣にいた真智子ちゃんたちも悲鳴をあげて逃げ出して、みんな混乱している。クロはソファの裏に隠れた。

「クックック。どや、俺の猫パンチすごいやろう。おまえのネズミ捕りジャンプもばっちし決まったな」

「う、うん。でも、なんだか大変なことになってないかな」

もうボクたちは何もしていないのに、人がバタバタと店から出ていく。クロが首を伸ばしてフロアの中を見た。

「そ、そやな。なんかちょっと、やりすぎたかな。あれ？　真智子はどこ行った？」

「真智子ちゃんも逃げ出しちゃったよ」

「大丈夫か？　こんな暗い中でうまいこと逃げられたやろか」

クロは自分が騒ぎを作ったくせに心配している。だがディスコは混乱していて、どこに誰がいるのかまったくわからない。その中で、まだレコードの人は頭にシマオを乗っけたまま部屋中を走り回っている。

クロがソファの裏から出た。

「あっ、シマオのやつ、まだボスに張り付いとる」

「ねえ、ミルクは？　さっきからずっといないよ」

ボクもフロアに出た。ライトと音楽と人の混乱で、白猫一匹を見つけるのは困難だ。と思ったら、巨大ヒトデが天井から落ちてきた。

「天誅じゃ！」

白狐神がレコードの人の顔に飛び付いた。レコードの人は後頭部にシマオ、顔面に白狐神をぶら下げたまま、ものすごいスピードでグルグルと回る。遠心力で二匹とも放り出されたけど、さすが身軽だ。ヒラリと着地する。

「馬を引けい！　印籠を投げよ！」

興奮した白狐神は毛を逆立てて叫んでいる。

「印籠は投げたら駄目だよ、ミルク」

「何を言うとんのや、あいつは。行くぞ、ステテコ。踏まれんようにしろよ。真智子を探すんや」

「わかった」と、ボクも飛び出した。暗がりの中、逃げ惑う人たちの足がまるで上から降ってくるみたいだ。足元をちょこまか走り回るボクにビックリして、ミニスカートを穿いた女の人が悲鳴をあげる。

真智子ちゃんは無事に逃げたかな。出口のほうに向かっている人、オロオロとしてる人、もう平気で踊っている人もいる。

真智子ちゃんが見当たらないので、外に出たのかもしれない。ボクもクロを探して外に出よう。そう思った時、床にへたり込んでいる女の人を見つけた。

真智子ちゃんだ。痛そうに、足首を手で抑えている。

大変だ！　こけちゃったのかな。駆け寄ろうとしたけど、その前に男の人が真智子ちゃんの前に膝をついた。

「招きネコ屋のおにいさん」

おにいさんは真智子ちゃんに何か話しかけると、手を取って起こしてあげた。周りにぶつからないようにしながら、移動していく。

「おい、ステテコ」と、クロが呼びに来た。「真智子、どっかにおったか？」

「大丈夫だと、思う」

「あん？」

「真智子ちゃんは大丈夫だよ」

あのおにいさんがいれば大丈夫だ。知らないボクに優しくしてくれたみたいに、もし真智子ちゃんが困っていたら、きっと助けてくれる。

ボクらはまたダクトを通って外に出た。ビルの前はディスコから逃げた人でいっぱいだ。その中には真智子ちゃんたちもいる。

「あ、真智子や。友達も一緒やな。これに懲りて、もうディスコには行かへんやろう」

「レコードの人とナンパの人もやっつけたしね」

「そや。そやけどみんな必死やったな。暗いせいもあるけど、人間は大げさやなあ」

「クロ」と、シマオが出てきた。白狐神も一緒だ。

「おう、おまえら。やったな。お陰で真智子は……」

「あははははは！」

突然、白狐神が大笑いをした。ひっくり返って、背中を地面になすりつけ、牙を剝き出して笑っている。

「めっちゃおもろかった！　めちゃめちゃ、おもしろかった！」

涙まで流している。ボクもクロもシマオも、唖然とした。白狐神は笑い終わっても、まだ気管からヒーヒーと変な音を出している。

「猫って、毎日めちゃめちゃおもしろいんやな。おまえら、毎日こんなんでええな。毎日が大冒険やんか」

「いや、別に」と、クロが忖度するようにボクを見る。「普通や。これが普通や。なあ、ステテコ」

「ボクはなんとなくわかるよ」

大笑いはしなくても、ボクもすごく楽しかった。クロたちには日常的なドタバタも、家猫のボクや、形代の中でじっとしていた白狐神にとっては、とんでもない経験だ。

しかも、みんな一緒だったことが特別だ。

「俺らには、わからんわ。なあ、シマオ」

「俺、わかったわ」

「え？」と、驚くクロにシマオは穏やかな顔で言った。

「思い出したわ。俺の家、たぶんここから遠くないわ。このギラギラした大通り、金持ちのオッサンと一緒に車で何回か通ったことあるわ」

「ほんまか？　やったな、シマオ！」

「うん、シマオ、やったね！　きっと神様が願いを聞いてくれたんだよ」

　ボクとクロは興奮した。シマオが家に帰れるなんて奇跡だ。

「よし、シマオ。今からおまえの家探すぞ」クロが駆け出す。だが、シマオは動かなかった。「どした、シマオ?」

「うん。俺、伏見に戻るわ」

「え?」

　ボクは驚いた。飼い主に会えるかもしれないのに、信じられない。

「シマオ、お金持ちのおじさんに会いたくないの?」

「会いたいけど、会っても、オッサンにはもう俺やってわからへんと思うわ。俺もたぶん、今さら飼い猫には戻れへん」

「でも、ちょっと顔を見るくらいしてみたら?　気が付いてくれるかもしれないよ」

「いや、ええねん。俺は伏見稲荷のシマオや。子分が俺の帰りを待ってる。あいつら、俺がいいひんとあかんねん。すぐ縄張り取られてしまうわ」

「シマオ」

　ボクとクロは顔を見合わせた。シマオはもう決めているようだ。思い出の中の飼い主より、今いる家を選んだ。伏見稲荷がシマオの家だ。

「そうか。じゃあ、一緒に帰ろか」

「うん。そうだね。みんなで一緒に帰ろう」

「疲れた。籠を呼べ」

「歩け」

ボクたちは行きと同じように、四匹で伏見稲荷へ戻った。途中、小腹が空いたのでよそのおうちの庭先に出ているゴミ袋から、ちょっとだけ残飯を頂戴した。慣れって恐ろしいもので、あまり抵抗がない。

「おい、お揚げ小僧」

ゴミを漁るボクに白狐神が話しかけてきた。

「伏見稲荷に帰ったら、おまえ一人で千本鳥居へ来い。ここへ来た時とは逆で、広場から右側へ入って、柱の隙間から外に抜け出ろ」

「右側？」

「そうや。右は行き道、左は帰り道。習いに逆らって、理（ことわり）から抜け出ろ。そうしたら、元いた場所に戻したる。絶対に一人で来るんやぞ。ええな？」

「う、うん」

千代ちゃんの元へ帰れる。そう考えると胸が高鳴る。でもディスコ騒動ですっかり忘れてしまっていたけど、今日の夜中が予言の日だ。白狐神は夜空を見上げている。

「色々と楽しかったわ。この時代に来てよかった。ええ思い出ができたわ。もうそれも、消えるけどな」

「ミルク。あのね、ボク思ったんだけど……」

「なんや。何コソコソ喋ってんのや」

クロが聞いてきた。白狐神はツンと鼻先を反らせる。

「ガールズトークや」

「いえ、ボクはボーイです」

「相変わらずけったいなやつらやな。あ。ちょっとヒゲが重いと思たら、やっぱ降ってきたな」

クロが夜空を見上げる。青いゴミ袋にポツリと雨粒が落ちた。いつの間にか、雲で星も月も隠れている。

伏見へ着く頃には、雨も強くなっていた。ボクら、全員がびしょ濡れだ。空を覆う雲は厚く、地響きのような低い音がする。雲の奥で雷が鳴っている。稲荷の大きな鳥居の手前、商店通りの坂道から、猫が数匹駆け下りてきた。

「アニキ、おかえり」

「アニキ、待ってたよ」

「なんや、おまえら」と、子分猫に囲まれたシマオはしかめ面をしている。「今日はノストラダムスの夜やから、稲荷から出とけ言うたやないか。しゃあないやつらやな」

顔は怒っているが、声は嬉しそうだ。子分猫たちも嬉しそうだ。

「今夜はいつもいる猫らがおらんおかげで、色んな店の残飯が余っててん」

「そうやねん。雨のせいでゴミ回収車もまだ来てへんから、腹いっぱい食えたな」

「な、なんや。メシのために残ってたんかい。まあええわ。ほんまに雨も強くなってきたし、念のために避難や。クロ、ステテコ、ノストラダムスのねえちゃん。俺らは雨宿りに行くわ。またな」

シマオと子分猫たちは、雨の中、駆けていった。その後ろ姿を見て、ボクはひらめいた。

「残飯……」

「なんや、ステテコ。まだ食い足りんのか」

「ううん。そうじゃないけど。でも、クロは先にお土産物屋さんに戻ってて。ボクはちょっと寄り道していくから」

「私もや。じゃあな、クロ。元気でな」

白狐神は細身の体を翻し、伏見稲荷の坂をのぼっていった。クロは怪訝そうだ。

「今度はなんのドラマの真似やねん。まあええわ。おまえ、車に気を付けろよ。まだゴミ収集車が来てへん言うてたからな」

「うん、わかった」

ボクは一匹で駆け出した。伏見稲荷の坂道からは泥の混ざった雨水がどんどん流れてくる。逆行するので砂利に足をとられるけど、今のボクのレベルなら、これぐらいへっちゃらだ。楼門の前までできた。

青銅色の立派なキツネの像が二体、立っている。雨に打たれても艶やかで凛々しい。

「鍵、珠」

話しかけても、銅像は銅像のままだ。白狐神からの言いつけを守って、おとなしくしている。銅像だと険しさが増して見えるが、中身はボクより子供だ。

「いいこと教えてあげるよ。白狐神には内緒だよ。白狐神は食い意地が張ってるから、白狐社のお供え物を一人占めしようとしてるんだよ。だからあんなに形代から出てくるなって言うんだよ」

すると、思った通りだ。闇夜の中、ほのかに銅像が光った。

「お供え物？」と、鍵が言う。「一人占めって、ずっこくない？」と珠が言う。

「白狐社の小さな格子窓に、毎朝、すごく美味しいいなり寿司がお供えされるんだ。明日の朝まで社を見張ってたら、白狐神よりも先に食べられるかもね」

「いなり寿司」

「酸化してる油揚げのやつ？」

「酸化してないよ」ボクは思わず笑った。よく覚えていて、おかしくなる。「甘辛い、いい匂いがするいなり寿司だよ。味が染みてて美味しいんだよ」

「俺ら、それ食べたいな」

「うん。食べたいな」

「鍵と珠の意見は、いつも一致するね。いつまでも一緒だから、寂しくないね」

ボクが言うと、鍵と珠は顔を見合わせて頷いた。

「うん。寂しくないな」

「俺らは、ずっと一緒におるしな」

そうだ。鍵と珠は寂しくない。お互いがいる。

世間知らずのボクにだってわかる。シマオには仲間がいるし、クロには真智子ちゃんたち家族がいる。千代ちゃんにもパパとママがいるし、ボクには千代ちゃんがいる。白狐神にも誰かが必要だ。誰かがいれば、どんなふうに変わっても、乗り越えられる。

ボクは来た道を駆け戻った。雨を含んで全身の毛が重たいけど、早く伝えなくちゃ。頼めるのはクロしかいない。

商店通りへ出ようとした時、いきなり白い光が当たった。それが車のヘッドライトだとわかってもボクは動くことができなかった。

「危ない！」

誰かの声がして、体が反応した。咄嗟に飛び上がると、大きな車がキキキと音を立てて、ボクの体のスレスレを通りすぎた。

そして後ろでまたブレーキ音がした。振り返ると、車はそのまま走っていった。ゴミ収集車だ。雨のせいで見えなかった。そういえば毎晩店が閉まったあと、裏に出されたゴミを回収しに境内まで車が入ってくると言っていた。危ないところだった。

道の隅っこに収集車が積み残したゴミ袋が落ちている。でもよく見るとそれはゴミ袋じゃない。

クロが道路に倒れていた。

「クロ？」

何が起こったのかわからず、クロに駆け寄る。クロは道路に横たわり動かない。車にひかれたんだ。ボクを避けた車に。

「クロ、クロ」

何度呼びかけても、クロは起きない。どうしよう。クロの体を起こそうと、頭を使っておなかのあたりを揺すってみた。

「……アホ、痛いわ」

「クロ！」

クロは少しだけ目を開けると、ヨロヨロと起き上がった。片側の手と足から血が流れて、雨に混じる。あまりに痛々しくて、ボクは泣きそうになった。

「ごめんね、ごめんね、クロ。ボクのせいで、クロが車にはねられちゃった」

「アホ。おまえのせいとちゃうわ。俺がドジっただけや」

クロは道の隅っこに移動すると伏せた。

「大丈夫や。ちょっと手がブラブラすんだけや。おまえ、一人で千本鳥居に行け」

「えっ、ど、どうして」

「さっき、ミルクと喋ってたやろ。俺の耳のよさを舐めるなよ。おまえと違って、ちゃんと立ってるんや。おまえらだけでなんかしようとしてるみたいやから、気になって付いていこうと思ったけど、ちょっとお節介がすぎたな。一人で行け」

「だけど、クロをこんなとこに置いていけないよ」

クロは力なく目を閉じかけている。血も止まらない。このまま放っておいたら死んでしまうんじゃないだろうかと、そんな予感がする。

「ここで待ってて。ボク、誰か呼んでくるよ。もう真智子ちゃんが帰ってるかもしれない」

クロをその場に残し、思い切り走ってお土産物屋さんの裏手に回る。だが、すぐに誰もいないとわかった。家は真っ暗で、静まり返っている。真智子ちゃんも、真智子ちゃんのお父さんとお母さんも、おじいちゃんもまだ帰っていない。

どうしよう、どうしよう。

そうだ。ひらめいた。ボクは坂を下りて招きネコ屋に走った。あのおにいさんだ。あの人ならきっと助けてくれる。

でも招きネコ屋も真っ暗だった。

クロの元へ戻ると、クロはまだ道路に伏せていたが、億劫そうに片目を開けた。

「心配すんな。たいしたことあらへん」

「血が止まらないよ」

「これぐらいの怪我、喧嘩でしょっちゅうや。ええからおまえは行け。飼い主の元に戻れるんやろう」

「そうだけど……」

ほんとにたいした怪我じゃないんだろうか。ボクは怪我をしたことがない。床ですべってちょっと痛かっただけでも、千代ちゃんの元に飛んでいく。

クロの血の匂いは少しマシになっている。でも、それは雨で流れているだけかもしれない。やはり放っておくなんてできない。

「ボク、行かないよ。真智子ちゃんの家の人が戻ってくるまで、クロとここで一緒に待ってる」

「はあ？　何ゆうてんねん。たいしたことないゆうてるやろ」

「やだ。行かない」

もう決めた。ボクはクロの隣で同じように伏せた。クロは呆れている。

「ヘタレやったくせに、変に根性つけやがって……。ええわ、ほんまの根性をみせたるわ」

クロはそう言うと起き上がり、千本鳥居のほうへとフラフラと歩き出した。

「クロ！　駄目だよ。じっとしていないと」

「じっとしてたら、おまえもじっとしてるやろうが。行くで」

クロは片手を上げながら歩き出した。止めても、かえってムキになるばかりだ。仕方なく、クロの様子を伺(うかが)いながらゆっくり進む。石の階段の手前では、片手を使わずに器用にジャンプして乗り越えていく。ボクよりも身軽なくらいだ。

「どや。うまいもんやろ」クロはニヤリと笑った。

「うん！　すごいよ、クロ」

ボクたちは二股に分かれている千本鳥居の前まで来た。もう土砂降りだが、鳥居がほぼ隙間なく連なっているので、庇代(ひさし)わりになる。白狐神に言われたとおり、一度広場まで出た。次は戻るんだ。

「行くぞ」

「うん」

ボクはクロを追い越して右側へ入った。少し走ると、振り返ってクロに言う。

「大丈夫？　このまま、柱から出て藪の中を走るんだ」

「ああ、気にすんな。先に行け」

「うん！」

　ボクは適当な隙間から千本鳥居の外へ出た。足場はぬかるんで悪く、草が深い。胸がドキドキする。初めてこの伏見稲荷へ来た時みたいだ。真っ暗な鳥居の道を走っていると、小さな白い物が見えた。

「出た！」

「誰が出たじゃ。幽霊みたいに」

　白い尻尾がスルリと鳥居の合間から見えた。藪の中にいるのは、白く光るキツネだ。

「ミルク、猫の姿じゃないんだね」

「本来はこれが私や。どや、神々しいやろ。遠慮なくひれ伏せ」

　口調は猫でもキツネでも同じだ。鋭い目に尖った鼻。尻尾だけは、猫の時と同じく薄い木目の縞模様だ。白狐神は背を向けた。

「行くで。このまま走り抜けるんや。そしたら元の……」

　だが走ることなく、振り返った。

「血の匂いや」

「え？」ギクリとして、ボクも振り返る。少し離れた草むらに、赤い柱の壁にもたれるようにしてクロがいた。

「ク、クロ」

さっきとはまるで違う。雨に打ちつけられ、今にも灯が消えそうだ。固まったボクを置いて、白狐神はクロに近付いた。フンフンと匂いを嗅ぐ。

「おまえ、死ぬんやな」

「……アホ。勝手に殺すな。俺は、泉商店のクロや。こんなとこで死んだら……家のモンが……心配して……帰らな……」

白狐神がこっちを見た。

「こいつの家のモンは？」

「いない……」

ボクはもう、どうしていいのかわからない。ただクロをじっと見ているだけだ。

白狐神は舌打ちをした。

「チッ。なんのために飼い猫やってんねん。野良ならそれも運命や。でもおまえは、選んで毎日家に帰る猫やろうが。人間と生きたい猫やろうが」

白狐神が空を仰いだ。まともに顔に雨を受けている。

「ここで、自分の最後を見届けるつもりやったのに。ドンくさい猫のせいで、途中退場や。おい、お揚げ小僧。おまえの世界にはこいつを助けてくれる人間がおるやろう」

「え？　それは、たぶん」

このまま戻れるなら、千代ちゃんの実家にはパパとママがいるはずだ。

「そうか。それやったら来い」

白狐神が走った。藪の中をピョンピョンと飛び跳ねた。

「え！　ちょっと待って！　クロを置いていかないで！」

ボクは白狐神を止めようと、慌てて駆け出した。もちろんクロは付いてこられない。ここで白狐神がいなくなったら、ボク一匹ではどうしていいかわからない。

「待ってよ、ミルク！　行かないで、ミルク！」

白いキツネを追って走る。光が遠く、見えなくなった。闇夜に突然、方向を見失う。ぬかるんでいた足場が急にカサカサと枯れ葉に変わり、空気が乾燥している。

「茶々？」

微かな声がして、黒い何かがこっちに走ってきた。オレンジの目が光る。暗がりで真っ黒に見えたけれど、走ってきたのは白地に黒のブチ模様の猫。

影丸だ！

「影丸！　影丸！」

ボクが飛び付く前に、影丸が強く頭を叩いてきた。

「このアホ！　今までどこ行っててん。めちゃくちゃ探したんやぞ」

「影丸こそ、ずっとずっとどこにいたんだよ。ずっとずっと探してたのに」

涙と鼻水と雨水で、ぐしゃぐしゃだ。でも嬉しい。やっと会えた。影丸は無事だった。

「何ゆうてんねん。山に入るなってゆうたのに、お決まりみたいに迷子になりやがって。おまえがおらんくなって、オトンもオカンも大騒ぎや。毎日毎晩、あちこち探して……」

怒っていた影丸が、眉間を寄せた。

「おまえ、びっちゃびちゃやん。今まで、どこにおったんや」

「え？　これは雨が」

気が付くと雨はやんでいる。というより、地面も木々も、まったく濡れていない。ボクだけが水を滴（したた）らせている。

「そんで後ろにいる猫と……何や？」

「え？」

振り返ると、白キツネの白狐神と、その足元に横たわるクロがいた。

「ミルク！　クロ！」

「おまえらのしょうもない再会なんか、どうでもええ。おい、おまえ。そこのブチ模様。早くおまえの家のモンを呼んで来い。こいつはあんまり長いことほっといたら、死んでまうぞ。雨で体が冷えてるし、血も出すぎや。ブチ模様の家は……」

ツンツンしていた白狐神が、急に声を詰まらせた。そしてボクも、影丸を見て唖然とした。

「か、か、影丸」

夢かまぼろしか。

暗がりの中でもわかる。白地に黒ブチの影丸の体が透けて、向こうにある草木がうっすらと見える。

影丸は白狐神を見てポカンとしている。

「お母ちゃん」

「はあ?」

「いや、ちゃうか。俺のお母ちゃんの匂いがしたと思ったけど、気のせいや」

「おまえみたいなでかい息子はおらん。それより、おまえ……」

「影丸、薄くなってるよ!」

向こう側が益々透けている。困惑顔の影丸も、自分の手先を見た途端にギョッとする。

「げ。なんじゃこりゃ」

「影丸! 消えちゃうよ! なんで? どうして?」

「そんなん、俺かて知らんわ。どうなってんねん」

手足、体全体がさらに薄くなっていく。影丸は奇妙な自分の体を見下ろし、愕然としている。

「なるほどな。そういうことか」と、白狐神はフンと鼻息をついた。「おい、お揚げ小僧。そのブチ模様はクロの子孫や。先祖が死にかけてるから、そいつもヤバいぞ」

「え？　何？　意味不明」

「クロもそいつもヤバいってことや。もうおまえしかおらん。おまえが頑張れ」

なぜかいきなり、先頭に立たされた。完全にキャパオーバーだ。いつフリーズしてもおかしくないほど、頭はテンパっている。

だけど。

ぐったりと動かないクロ。透けていく影丸。二匹を救えるのはボクだけだ。

「ミルク、付いてきて！」

「偉そうに言うな」

ボクらは走り出した。鳥居のトンネルを横手に藪の中を走る。千本鳥居を抜け、神社の坂に出る。階段も一気に飛び降りた。坂を下り切れば道路だ。坂の途中にあるはずの真智子ちゃんのお土産物屋さんがない。その隣にあるはずの定食屋さんもなくなっている。代わりにオシャレなカフェが出来ている。

もう、どうなってんの？　よく見ると周りの風景が様変わりしていた。

泣きそうだ。でも泣いている場合じゃない。ボクはその場を振り切った。必死で走って一番大きな鳥居を抜け、道路に出て招きネコ屋を目指す。お店が見えてきた時には、また泣きそうになった。

裏に回っている暇なんてない。古い木の枠にガラスがはまった引き戸は、向こうの世界の招きネコ屋と同じだ。ボクは思い切り店のガラス戸にぶち当たった。何度も体当たりをしてバンバンと音を立てる。

誰か気付いて。誰でもいいから出てきて。

「どけ、小僧!」

背後からの声がした。白狐神が、どこから持ってきたのか丸い縁石を、まるで人間のように両前足で抱えてガラス戸に投げつけた。大きな音がしてガラスが割れる。

「ギャー!　やりすぎ!」

だがそのお陰で、店の中の明かりが点いた。千代ちゃんパパが出てくる。

「なんや、なんや、なんや!」

後ろからママも出てきた。

「なんやの？　何が割れたん？」

二人ともパジャマ姿にツッカケだ。足元にいるボクと目が合うと、固まってい
る。

　やった！　千代ちゃんパパとママだ！

　飛びつきたいのをこらえて、ボクは一歩二歩と下がった。二人のひん剝いた目
に、見る間に涙が浮かぶ。

「茶々や！」

「茶々！　帰ってきた！」

二人の手が届く前に、ボクは神社に向かって走り出した。後ろからママが大き
な声を出す。パパの声も聞こえた。

「茶々！　行ったらあかん！」

「戻ってこい！　茶々！」

「お父さん！　早く追っかけて！　神社に入っていったで！」

二人の足音が離れすぎないようにしながら、坂道を駆ける。パパもママもボク
の名前を叫びながら走ってくる。本殿を超え、石階段を上がると、千本鳥居の前

で追いつくのを待つ。ママが先に来て、パパはなかなか階段をのぼれない。途中でヒーヒー言ってる。

ボクが鳥居の道に入ると、二人も追っかけてきた。ちゃんと付いてこられるように、捕まらないギリギリの距離で先に行く。

「あかん。茶々、待って。頼むから待って」

ママもゼイゼイと息を荒くしている。もうちょっとだよ。もう少し先に……。

いた！　茂みの中で、クロと、影丸もまだ消えないでいる。

クロはぐったりしたまま動かない。影丸は薄くなっているけど、さっきよりよく見えるのは月が出ているからだ。雲のない空に輝く月が、ボクたちを照らしている。

「いた。茶々。よかった」と、ママは息を切らしながら、ボクのそばで膝をついた。ボクを抱き上げようとして、影丸とクロに気が付く。

「影丸？　いや、かなんわ。あんたまで外に出て。いや、なんなん、この猫。どうしたんやろ」

「母さん、猫は。千代の猫、捕まえたか」

ママよりもっとゼイゼイ言いながら、ようやくパパも追いついた。地面にへたり込んでいる。

「お父さん、見て、この猫。えらい怪我してるわ。どこの猫やろ」

ママはそっとクロの体を撫でた。

「いや、この猫。昔飼ってたクロにそっくりやわ。あんた、どこの猫や？　綺麗やから野良猫じゃないみたいやけど」

ママは困惑している。クロが顔を上げて、鼻先を向けた。フンフンと、向こうの鼻先を探しているようだ。だがぐったりと伏せた。

「あかんわ、病院につれて行こう。お父さん、茶々のことしっかり捕まえててや。……お父さん？」

「影丸が……」

パパは薄くなった影丸を見てポカンとしている。ママは茫然とするパパに怒った。

「お父さん！　ほら、早くして！　影丸まで外に出て、ほんまにあんたら悪い子やな！」

「いや、その影丸が……」

「早くせな、この猫が死んでしまう。お父さんは影丸と茶々を抱っこして。私はこの猫をつれて行くさかい」

ママはクロを両手でそっと抱きかかえた。クロはじっとしている。パパはオロオロしながら、ボクと影丸を片手ずつに抱える。

「あれ？　影丸。さっきは消えかけてたのに」

「早く！」

「お、おう」

ボクたちを抱えて、パパとママは山を下りる。月が照らす足元は明るい。遠くの藪の中で、月明かりに紛れるようにして白狐神が座って、ボクらを見つめていた。ユラリユラリと、木目の尻尾が揺れる。バイバイと手を振っているみたいだ。

駄目だよ。行かないで。諦めないで。

あまりにも色んなことがありすぎて、途中からボクは目が開けられなくなった。

クロ、死なないで。影丸、消えないで。ミルク、まだバイバイじゃないよ。

真智子ちゃんのおうち、どうなったんだろう。白狐神の社は、流されないでいてくれるかな。
千代ちゃん。千代ちゃん。
早く帰ってきて。寂しいよ。
ボクはもう眠くて、なんにもできないよ。

招きネコ屋に帰ってから三日が経った。

あの夜、病院に着くと、クロの治療のあとでボクも検査をされた。クロの血が付いていたので怪我をしているとママは思ったみたい。パパが影丸も看てもらうと言ったので、結局その晩は三匹とも病院に泊まった。クロは傷を縫う手術をして、輸血をしてもらい、そのまま入院した。

戻ってきたクロは、すごく不機嫌そうだ。

「このシャンプーハット、取ってくれや」

「エリザベスカラーっていうんだよ、それ」

クロは首周りに黄色のエリザベスカラーを付けられ、体の毛はあちこち剃られている。縫われた跡が気になるみたいで、体をねじって舐めようとしている。

「駄目だよ、クロ。傷が塞がるまで我慢しなきゃ」

「大げさやねん。病院なんか連れていきよって。大体、なんで俺もおまえも招きネコ屋におるねん。いや、おまえはええわ。元々、招きネコ屋の子やさかいな。でも俺は家に帰るわ。さすがにこんだけ長いこと帰らへんかったら、お父ちゃんもお母ちゃんも心配してるからな。前もちょっと遠出してたら、保健所に捕まったと思って大騒ぎしてたし。俺がそんなヘタ打つわけあらへんのに」

「よく喋る猫やな」

声のほうを見ると、タンスの上から影丸がボクとクロを見ていた。

もう体は元通りだ。透けていない。あの夜の不思議な姿はなんだったのだろうか。影丸はヒラリと降りてきた。品定めでもするように、クロの周りをゆっくりと歩く。

「おまえ、どっから来た？　ここらの猫ちゃうな」

「俺は泉商店のクロや。稲荷で知らんやつはおらへんぞ」

「俺は知らん」

「なんやと。おまえこそ、ほんまに招きネコ屋の猫か？　ここの猫は歳いった茶色のメス猫のはずやぞ」

「なんの話や。この家の猫は俺だけや。それよりもおまえ、うちのオトンとオカンに感謝しろよ。なんの義理もないのに、おまえのこと助けてくれたんやからな」

「う……、それはまあ、そうやけど。こんな傷、たいしたことないのに」

「死にかけて泣いとったやないか」

「なんやと?」

「威勢がいいのはええけど、うちは商売してんのやから、おまえも茶々もここにいる間は行儀よくしろよ」

そう言うと影丸は和室から出て行った。クロはおもしろくなさそうだ。

「おまえのツレ、性格悪いな」

「たぶんだけど、安静にしてたほうがいいよっていう意味じゃないかな」

「そうか? ああいうすかしたやつ、俺は好きちゃうわ。ああ、クソ。このシャンプーハットがあらへんかったら、隙間から外に逃げたるのに」

傷が治るまでエリザベスカラーは取らせないようにさせなくちゃ。

怪我したクロが外に出ないように、千代ちゃんママのガードは堅かった。神社へ戻れないクロは文句を言ったけど、この家の餌には目の色を変えて飛びついた。

「うま！　うま！　なんじゃこりゃ！」

にゃんプチのサーモンうま味スープ入りを食べるクロの鼻息はすごい。ボクのご飯もこのうちに帰ってきてからは、また猫缶とカリカリだ。

猫缶もカリカリも美味しい。でもクロの家で食べた猫まんまの味にも慣れてきた頃だったし、犬のご飯も結構いけた。ちょっとだけ薄味の猫缶が物足りない。

「いやあ、美味かったわ。おまえ、毎日こんなの食うてんのやな。それにこの家」と、クロは何度も千代ちゃんの実家の変わりようを言う。「なんで炊飯器が喋んのか、わけわからんわ。冷蔵庫はアホみたいにでっかい、テレビはペシャンコ、電話が鳴ったらピカピカ光るし、風呂が沸いたらまた喋りよるし、おかしな家やで」

ボクが真智子ちゃんちで驚いたように、今度はクロが驚いている。クロは和室続きの台所を見回した。

「家自体は俺んとことそんな変わらんのやけどなあ。なんか、おもろいなあ」

「クロは……」もしかして、ここが気に入ったのかな。「ずっとここにいたい?」

「ずっとはあかんなあ。お父ちゃんの晩酌に付き合わなあかんし、じいちゃんの水戸黄門も、一緒に見たらなあかんしな」

「そっかあ」

「ミルクは俺んちに戻ってるやろな。あいつ、きっと三人前のメシ食うとるぞ」

「そうだね……」

今のところ、クロは真智子ちゃんの家がなくなったことに気付いていない。知ったら、どうするだろう。ボクと同じように悲しむかな。それに、真智子ちゃんたちもきっと心配している。

伏見稲荷に来てから結局何日がすぎたのかわからない。まだ千代ちゃんはハワイかドバイかわからない外国から戻ってきていないけど、たぶん、ボクがここにいるのはあと数日だ。

クロの代わりに伏見稲荷へ行こうと、台所の小窓に飛び乗った。ここの鍵がかかってないのは影丸と抜け出したので知っている。ボクは両前足を使って、ちょっとずつ窓枠を押した。隙間が空く。

「おまえ、窓開けられるんか」

振り返ると、影丸が目を丸くしている。ボクの激変レベルアップに驚いたらしい。

「千本鳥居の様子を見てくるだけ。パパとママが店から戻ってくる前に、帰るよ」

外に出た。塀伝いに表に回ると、あまりの人の多さにびっくりした。すごい。最初に来た時と同じだ。稲荷駅ではたくさんの人が伏見稲荷の鳥居にスマホを向けていた。この人たちもスマホ厳禁なのを知らないんだ。

着物姿の女の子に、外国人、境内にはかなりの人がいて、ボクが足元をすり抜けると、みんな外で猫を見るのが珍しいみたいにびっくりしている。砂利は石畳に変わり、綺麗なお店がいっぱいあって、雰囲気が全然違う。ボクは白狐神を探して回った。本堂へ続く坂をのぼり、楼門を見上げる。

「あれ」

楼門の両側に台座があって、白い布が被せてある。中に何か大きな物があるようだ。

ここには鍵と珠の形代の銅像が立っていたはずだ。雨垂れで色褪せていた二体は、一度はピカピカになった。そして今度は布で隠されている。

「なんで?」

中身が気になるけど、探索はあとだ。本殿から逸れて、白狐社のあるほうへと向かう。ここも人が多い。赤い小さな社とその前にある木製のキツネ像の前では、たくさんの人が写真を撮っていた。着物の女の子たちはみんな、手に小さなアクリルスタンドを持っている。招き猫のように片手を上げた白キツネのアクリル板だ。

どこもかしこも人だらけだ。白狐神の姿はない。奥の広場へ行ってみようと、千本鳥居へ入る。ここも人がいっぱいで、鳥居のトンネルは渋滞ができている。素早く足元を駆け抜けた。

二股の入り口で気が付いた。人が進む方向が片側ずつ逆になっている。右側は行き道、左側は帰り道、どちらも一方通行なんだ。ボクは常に逆走していたんだ。

今はどっちに行けばいいんだろう。トンネルの中で目を凝らすと、柱の外の草木の中に、歪んだような部分が見えた。ぐにゃっとしていて、そこだけ動いている。それは、猫のような、キツネのような形をしている。

白狐神だ。昼間は透明で見えないんだ。ボクは二股の鳥居から抜け出して白狐神へ近寄った。そばで見ると、半透明なキツネの姿をしていた。

「……白狐社が残ってるねん」

「うん。そうだね。前よりも、人がたくさんいたね。みんな、白いキツネのアクスタ持ってたよ。伏見で流行ってるんだね」

「この時代、人が多いのは変わらんけど、なんかが違う。あの夜、白狐社は私の形代共々、土砂で潰されるはずやったのに。何が変わったんや」

緑に歪んだキツネの形が、首をかしげている。表情は見えないけど、なんとなく疑われている気がする。ボクは特に何かしたわけじゃない。ただちょっと、鍵と珠にいなり寿司をチラつかせただけだ。

「おまえ、誰と喋ってんのや」

声がして振り向くと、そこには影丸と、エリザベスカラーをつけたクロがいた。

影丸がうんざりしたように言う。

「こいつがどうしても家に帰るってきかへんのや。しゃあないから出るの手伝ってやった。そしたら土産物屋があらへんようになったたって騒ぎ出すんや。茶々、おまえなんか知ってるか？」

クロのほうはしょんぼりとうな垂れている。

「俺の家が、俺の家があらへんようになった。俺の家……、お父ちゃん、お母ちゃん、真智子、じいちゃん。みんな、どこ行ってしもたんや」

「クロ……」

クロはグズグズと鼻をすすっている。影丸はため息をついた。

「さっきからずっとこれや。めんどくさいやつやな。結局、迷子ってことか？」

「ちゃうわ。家はわかってるわ。ただ、あらへんようになってしもただけや」

「意味わからん。うん？」と、影丸がフンフンと鼻を鳴らした。「この匂い。そこにおるのは、この前のやつか？」

なぜか、影丸は白狐神の匂いを嗅ぎ分けられるようだ。白狐神が白猫に変化して、ボクらにも見えるようになった。

「私はこの伏見稲荷の神様の眷属、白狐の白狐神や。ミルク様とお呼び」

「うわ。益々俺のお母ちゃんに似てる。尻尾なんか、そっくりや」

「こんな美しい尻尾を持つ者がそうそうにおるか。そもそも、おまえの母親は猫やろう。私はおまえらに見えるように、下界の獣に姿を変えて……」

影丸と白狐神は言い合いをしている。クロは可哀想なくらいメソメソしていて、いつもとは別猫のようだ。

「うう、真智子、お父ちゃん……。お母ちゃん、じいちゃん」

あまりにもクロが悲しんでいるので、ボクまで泣けてきた。今まで頼りっぱなしだったけど、今度はこっちが助けてあげる番だ。

「ねえ、ミルク。クロを元の世界に戻してあげよう。道を遡（さかのぼ）れば、お土産物屋さんは元の場所にあるはずだよ。クロ、大丈夫だよ。みんな、クロを待ってるよ」

「そんな慰めはやめてくれ。俺はもう、独りぼっちなんや」

「俺は帰るぞ。茶々、おまえもや。外に出てんのがバレたら、また大騒ぎになるぞ」

影丸が戻りかける。だがその前に、白狐神がピョンピョンと飛び跳ねた。

「泣くなクロよ。命を繋いだなら、いるべき場所に戻してやるわ」

白狐神が走る。ボクはクロに言った。

「クロ！　ほら、付いていかなくちゃ」

「うう、俺はもうあかんのや。一生シャンプーハットのまま、暮らしていかなあかんのや」

「そんなこと言わないで、頑張って。影丸、クロが駄目になっちゃってるから、助けてあげて。そっち持ってよ」

　ショボショボするクロのエリザベスカラーの縁を咥えて引っ張る。影丸はものすごく迷惑そうだ。

「マジか。なんやねん、こいつ」

　足取り重いクロをなだめすかして、ボクらは白狐神を追いかけた。どっちに向かって走っているのかわからないけど、境内へ出ると、また様子が違っていた。観光客は誰もボクたちにカメラを向けないし、スマホも持っていない。女の人の頭は綿アメみたいだ。白狐神は我が物顔で稲荷大社をグルリと見回した。

「どうや。バブル時代に逆戻りやな。私はこっちのほうが好きや」

　影丸は少し警戒している。

「なんか、変やな」

「うん。でもこっちにもいい人はいっぱいいるよ」

きっとクロの家もあるはずだ。それにもうひとつ、白狐社がどうなっているか確認しておきたい。

「ミルク、白狐社を見に行こうよ」

「フン。おまえみたいなモンに言われんでも、そのつもりや」

白狐神にボク、影丸に、エリザベスカラーをしたクロは連なって白狐社へと向かった。赤い柱に沿った三角屋根が見えてくる。木製のキツネ像もそのままだ。

「やった！　やっぱり社も形代も残ってるよ！」

だが周りの地面がひどい状態だ。白狐社のすぐ後ろには土砂が小山のように積み上がり、まだぬかるんでいる。

「うわ、ギリギリだ。危なかったね」

「あとちょっとで押し流されるところやったんか」

「ほんとにギリギリ……」

この土砂の量がモロになだれ込んだら、社もキツネの像も潰されていただろう。

土砂はまるで何かで堰き止めたかのように、社の際に積まれていた。

「真智子や！」突然、クロが叫んだ。「真智子！　真智子！」

　真智子ちゃんは白狐社の格子窓の前でしゃがんで、手を合わせている。クロは怪我をしているのに走り出した。エリザベスカラーをユサユサさせながら、真智子ちゃんに飛び付く。

「クロ！」

　真智子ちゃんは最初に見た時と同じ、太陽のように笑った。そして泣き出した。

「あんたはもう！　何日も帰ってこないから、心配したやんか！　おキツネさんにクロが戻ってくるように、毎日お祈りしてたんやから」

　クロの頭をくしゃくしゃとなで回し、おでこを寄せたり、鼻先を付けたりしている。クロも耳が折れるほどグリグリと甘えている。しっかり者で頼りがいのあるクロがまるで子猫のようだ。全身からどうしようもないくらい、嬉しさが溢れている。

　真智子ちゃんはボクらにも気が付いた。

「クッキーにミルクも。あんたらみんなで旅行でも行ってたん？　おまけにもう一匹増えてるやん。それにクロ、何、そのメガホン。イタズラされたんか？　毛もあちこち剃られてるやん。何があったんか知らんけど、とりあえずみんなうちにおいで」

ボクらは真智子ちゃんに続いた。甘酸っぱい匂いにチラリと振り返ると、格子窓の前には、艶々と光るいなり寿司が置いてある。まだ新しい物だ。

真智子ちゃんも振り返った。小さく言う。

「誰か知らんけど、ありがとう」

坂を下りて本殿の反対へ向かうと、そこは商店が並ぶ通りだ。お土産物屋さんもちゃんとあった。真智子ちゃんは裏から家に入った。ゾロゾロとボクらも入る。

「おじいちゃん！　クロが戻ってきたで」

興奮気味の真智子ちゃんに対して、おじいちゃんはテレビの前であぐらを組んで、チラっとだけこっちを見た。

「ほら、言うたやろ。猫は餌もらえるとこを知っとるんや」

「うん。そうやね。でも毎日、おキツネさんの社に美味しそうないなり寿司がお供えしてあってん。あのお陰でうちにもご利益のおこぼれもらえたんかも。あれ、誰があげてはったんかな」

「いなり寿司やったら、招きネコ屋やろ。先代からずっとお供えしたはるわ。伏見の古い店は稲荷大社を大事にするさかいな」

「そっか。招きネコ屋か……。こないだの夜、ディスコから送ってくれた人のお店やわ」

「デスコ？」

「ううん。なんでもない。近くを通ったらお礼言うとく。おキツネさんの社も、これから毎日拝みに行くわ」

「願い事するなら本殿のほうが効くんちゃうか」

「でも猫のことは白狐社がええよ。同じ動物やもん。きっと、叶えてくれはる」

真智子ちゃんとおじいちゃんはまだ喋っている。ボクと影丸と白狐神は、並んで座って、聞いていた。クロはずっと真智子ちゃんに甘えて、足に頬ずりをしている。エリザベスカラーが邪魔しても、スリスリしている。

「しもたなあ」と、おじいちゃんはあぐらの間で、黒くてでっかいカメラを丁寧に拭いている。「こないだの会合で写真撮ってきたらよかったわ。フィルムが一枚余っててんねん」

　おじいちゃんはガラス戸に向かってカメラを構えた。真智子ちゃんがクロを見た。

「ねえ、おじいちゃん。クロのこの格好がおもしろいから、写真撮ってよ。その白黒の猫もクロが連れてきた友達みたいやねん。クッキーとミルクも一緒にさ」

「ふーん、現像したいしなあ。もったいないけど、撮ったろか」

「やった。みんなおいで」

　ボクらは顔を見合わせた。真智子ちゃんは縁側をバックにして、クロを膝の上に乗せた。黄色のエリザベスカラーに黒い顔がはまって、向日葵（ひまわり）の花みたいだ。

　ボクと影丸はその片側に座り、白狐神が反対側に座る。

「いくで。猫、こっち見いや」おじいちゃんが声をかける。「はい、チーズ」

　パシャリといい音がした。そしてすぐに、何かを巻くような機械音がする。おじいちゃんは満足気だ。

「よし。あとで現像に行ってこよ。真智子、もうすぐ店も開くやろ。お母さんにクロが帰ってきたって言うたりや」

「うん。わかった」

真智子ちゃんはクロを膝から下ろすと、奥へ行ってしまった。

クロと、目が合う。クロは黙っておじいちゃんのそばへ寄ると、座布団の上で丸くなった。ここがクロの居場所だ。今、幸せを嚙み締めている。きっとここから離れることはないだろう。

そしてすべての楽しい経験より、ボクも自分の居場所が大切だ。ここは、ボクのいる世界じゃない。

――真智子ちゃん、ありがとう。ボクを飼うと言ってくれて、ありがとう。

おじいちゃん、ありがとう。写真を撮ってくれて、ありがとう。

真智子ちゃんのお父さん、一緒に野球見たね。真智子ちゃんのお母さん、猫まんま、ちょっとしょっぱかったけどおいしかったよ。ありがとう。

台所の小窓へ飛び乗り、振り返る。バイバイ、稲荷のお土産物屋さん。ボクと影丸は外へ出た。白狐神も付いてくる。

「けったいな家やったな。古いような新しいような」

影丸が言った。ボクらは千本鳥居へ向かった。二股の鳥居の隙間から抜ける。後ろには、白狐神がいる。

「おまえにとっては、あっちもええ時代やねんな」

「千代ちゃんがいてくれたら、どこもいい時代だよ。クロもそうだし、影丸もそうだし、ミルクだってそうだよ」

「あん？　なんや、一丁前に」

「ミルクはここにいるのがいいよ。クロと一緒に、真智子ちゃんと、真智子ちゃんの家族の猫になったらいいよ」

　ボクは言った。嵐の前から、考えていたことだ。白猫に変化した白狐神は、キツネっぽく吊り上がった目を瞬いた。

「小僧」

「ミルクはここにいたほうがいいよ。クロは案外ヘタレだから、優しくしてあげてね。シマオたちや稲荷の猫のことも、よろしくね。もしまた危ないことが起こりそうなら、ノストラダムスの予言で助けてあげて。あと、鍵と珠も怒らないであげてて。ボクがお願いしたんだ。ギリギリで社を守ってくれて、ありがとうって伝えておいてね。銅像はなくなっちゃうかもしれないけど、悲しまないで。あの二匹はずっと一緒だから、寂しくなかったんだよ」

「茶々、おまえ、何言うてんのや」と、影丸は首をかしげている。

ボクの言っていることが正しいとか、間違っているとか、そういうのはどうでもいい。何せ、猫だ。難しいことはわからない。

でも、たぶん正しいと思う。

「帰るね。さよなら、ミルク。元気でね」

ポカンとする白狐神にお別れを言い、走る。影丸は後ろをチラチラ見ながら、並んで走った。

「あいつ、なんか変なやつやったな」

「うん。そうだね」

千本鳥居から出ると、若い着物姿のカップルが抹茶のソフトクリームを食べながらベンチに座っている。坂を下るボクらにスマホを向ける。

「可愛い。野良猫なんて、あんまり見ないよね」

女の子はそう言って、写真を撮った。稲荷のお土産物屋さんは、オシャレなカフェに変わっていた。

甘酸っぱいいなり寿司の匂いが漂ってくる。お店の前を通って、裏に回り、ボクらは小窓から家の中に入った。表のお店側から千代ちゃんパパママの声がして、二人がちゃんといることにホッとする。


いつの間にか、眠ってしまったみたいだ。

人の話し声がする。また夢かな。

「……それでな、黒い猫の飼い主を探してやろうと思ってたのに、いつの間にかいなくなってしもて。もう怪我も治ったから大丈夫やとは思うんやけど」

「治療費もだいぶかかったんとちゃうの。お人よしやなあ」

この声は！

慌てて起きようとしたけど、おなかを上にしていたので、手足がバタバタする。

「あっ、茶々。起きたね」

ボクは体をねじってひっくり返った。和室のテーブルを囲んでいるのは千代ちゃんパパママと、千代ちゃんだ。

千代ちゃんが帰ってきた！

千代ちゃんが帰ってきた！

「茶々、会いたかったよ」と、千代ちゃんがボクを抱き締めた。ボクも千代ちゃんの胸にグリグリと頭をこすりつけた。

嬉しくて、嬉しくて、爪を立てて服にしがみつく。千代ちゃんもボクの頭や背中をゴシゴシ、スリスリする。

「ごめんね、長い間ほうっておいて。寂しかったね。元気にしてた？」

「寂しかったのはあんたやろ。せっかくのドバイやのに、前倒しで帰ってきて」と、千代ちゃんママが笑う。「茶々はずっと元気やったで。うん。ずっとずっと、元気やったし」

「そうや、そうや。ずっといい子やったなあ。影丸とも仲良しやったし」

パパも、うんうんと頷く。

あんまり言うと不自然なのに、どうやらボクがいなくなったことは千代ちゃんにバレたくないらしい。でも千代ちゃんはボクを撫でたり嗅いだりするのに夢中で、気付かない。

「そうや。それでその黒猫な、昔に実家で飼ってたクロにそっくりやってん。影丸のひいおじいちゃんな」

「それでアルバム見てんの？」

千代ちゃんはボクを膝に乗せたまま、テーブルの上に置いてあるアルバムをめくった。写真が貼ってある。

「うわ、懐かしい。昔って、ちゃんと写真現像してたもんね。あ、この赤ちゃんって、私？　一緒に写ってる真っ白の猫は、ミコじゃないよね？」

「この子はミコのおばあちゃんや。尻尾がそっくりやろ。クロと、この白猫の間に産まれた子がマル太で、私はマル太を連れてこの家にお嫁にきたんや。そのあとにミコが産まれて、ミコが影丸を産んで」

「マル太のことはよく覚えてるよ。影丸がそっくりやもん。ということは、白猫とブチ猫が交互に産まれてるんやね。猫も隔世遺伝するんや。じゃあ、影丸に子供が出来たら、その子は白猫になるんかな」

「さあ、どうやろうね」ママは微笑んで、写真を眺めている。「この子の血筋はみんな元気で長生きやったわ。マル太も長生きやったし、ミコも元気やった。ついこないだまで走り回ってたのに、急にポックリいってしもたけどね。この家でたくさん猫が産まれたけど、みんなよそにもらわれていって、最後に産まれた影丸しか手元に残ってへんな」

千代ちゃんはゆっくりとページをめくり、手を止めた。

「この写真のお母さん、若い。高校生とちゃう？」

「そうやな。お母さんの実家、神社の境内で土産物屋さんやっててん。今は大きなカフェになってる場所な。長いこと続いてきたけど、誰も継がへんかったし、あんたが生まれてすぐくらいに閉めてしまったわ」

「ふうん」と、千代ちゃんはその写真をじっと見つめている。「たくさん猫飼ってたんやね。あはは、この猫、エリザベスカラーしてる。怪我でもしてたん？」

「うん？　どれ？」

ママはアルバムに顔を近づけて、じっと見た。

「クロやけど、こんなんしてた覚えないけどなあ。白いのがミルクで、あとは……よく覚えてへんわ」

「なんだかこっちの子は茶々に似てない？　これは影丸っぽいし」

「たくさん猫がいた時期やったんかな。そうや。思い出してきたわ。この頃にお父さんに会ったんや。あの時はお父さん、まだシュッとしてはって、ちょっと年上やったからカッコよく見えてしもてん。家で飼ってた猫が歳いってるからって、地元に戻ってくるような優しいとこがあってな。お母さん、東京行ってバリバリ働くのが夢やったのに、結局ご近所のいなり寿司屋にお嫁に行くことになって、ほんましもたわ」

「またその話か」

千代ちゃんパパは呆れ顔だ。

「そんなん言うても、一番、伏見稲荷が好きなんはお母さんやけどな。おキツネさんの社の掃除も、いなり寿司のお供えも毎朝欠かさへんし」

「お母さん、まだ掃除に行ってんの？」

「癖や、癖。あの社くらいの大きさが、ちょうどええ運動になるねん。それにあそこは我が家にとって猫のための神社やしね。迷子になった子を戻してくれたし、どの子も病気知らずやったし」

「それって神社のお陰？　昔よりも猫の食べる物がよくなってるからとちゃうの」

「でもクロが戻ってきたのは、おキツネさんのご利益やわ」

ママはアルバムを見つめている。

そうか、白狐社の格子窓にお供えしてあったいなり寿司は、ママが置いたんだ。招きネコ屋の優しいおにいさんがお供えしてるんだと思ってた。それとも、稲荷の人はみんな白狐社にいなり寿司をお供えするのかな。

ボクは千代ちゃんの膝の上でゴロゴロしながら、いなり寿司をおいしそうに食べる鍵と珠を思い浮かべた。きっと二匹で仲良くわけっこするだろう。真智子ちゃんがクロのためにお祈りをしていた時も、格子窓の前に、艶々と光るいなり寿司が置いてあった。

あれはとてもおいしそうだった。鍵と珠じゃなくても、釣られるだろう。

「そうや。明日の奉納式、千代も出られへんか?」パパが言った。「楼門にあるキツネの銅像を新調したんや。まだ布で隠してあるけど、めちゃくちゃピカピカで綺麗やぞ。明日、お披露目や」

「そうなんや。それってお母さんの提案?」

「そうや」と、パパはまるで自分のことのように得意げだ。「なんてったってお母さんは稲荷存続会の会長やからな。お母さんが考えた招き白狐の商品も、若い女の子に大人気や。ほとんどキャリアウーマンみたいなもんやな」

「だいぶ違うわ」

　ママは苦笑いをすると、アルバムを閉じた。

　あれ？　会長は長いこと不在だって言ってたのに、ボクがいないちょっとの間にママが会長になっている。なんだか変なの。でも千代ちゃんのママなら、なんだってできると思う。

　ママは台所にあったボクのお皿や荷物をまとめている。

「婦人支部の支部長にならはった鶴見さんって人がデジタルに強くて、楼門の新しい像の間で写真撮ると白いキツネが映る仕組みとか、色々アイデア考えてくれたはるねん。古い物は古い物でええけど、新しいことも取り入れて、いつまでも伏見稲荷がにぎわうようにしたいわ。稲荷大社あっての、伏見の街なんやから」

「毎週、存続会のみんなで稲荷を掃除してたら、落書きもされんようになったしな。綺麗な場所は汚しにくいもんや。維持すんのは大変やけど、頑張らなあかんな」

「そやそや」

ママは荷物を詰め終わると、ボクのキャリーケースを持ってきた。

「千代は明日から仕事やさかい、のんびりしてられへんやろ。ドバイの話は今度聞かせてな」

「うん、ありがとう。さあ、茶々。おうちに帰ろうね」

うん。帰る。

千代ちゃんはボクを抱き上げると、おでこに頬ずりをした。大好きって、伝わってくる。色んなことがあったけど、ボクにはそれだけで充分だ。婦人支部の支部長さんはAI白狐やデジタル神社を諦めて、それにあの白い布の下には、新しいキツネの像があるらしい。

もしかしたら明日、新しい形代に鍵と珠が降りてくるのかな。きっとそうだ。またあの二匹は一緒に伏見稲荷を駆け回って、スズメの丸焼きを狙うんだ。

ケースに入る時、台所にいる影丸と目が合った。影丸は床に伏せて、おとなしくご飯待ちをしている。しっかり者で、素っ気なくても、本当は親切な影丸。

影丸のオレンジの目が、さようならと言っていた。

「じゃあ帰るね。お父さん、お母さん、ありがとう」

「はいはい、気いつけてな。茶々、バイバイ。またおいでや」

ケースの窓からはもう、ママのバイバイは見えなかった。ガラガラとうるさい音を立て扉が開いて、家から出る。甘酸っぱい油の匂いはすぐ遠くなる。電車の音が聞こえる。稲荷駅が近い。

ケースから外を覗くと、薄暗くなった坂の入り口に、伏見稲荷大社の大きな鳥居が見えた。その向こうに山がある。稲荷山だ。

バイバイ、伏見稲荷の野良猫たち。バイバイ、伏見稲荷の白狐たち。

招きネコ屋のおにいさん、真智子ちゃんを助けてくれてありがとう。シマオ、色んなとこに連れて行ってくれてすごく楽しかった。ありがとう。

千代ちゃんのパパとママ。クロを助けてくれてありがとう。抜け出して、心配かけてごめんね。お世話してくれてありがとう。

影丸、もし影丸がうちに来たら、ボクのおもちゃで遊ぼうね。千代ちゃんのマンションにはキャットタワーもあるんだよ。絶対気に入るよ。

ミルク、クロと仲良くしてね。籠も印籠もないし、馬もいないけど、ミルクなら誰にも負けないよ。ミルクのお陰で友達がたくさんできたよ。

クロ、ありがとう。いっぱい、いっぱい、ありがとう。いっぱい、いっぱい、ありがとう。

電車が来た。千代ちゃんは椅子に座ってケースを膝に乗せると、いつものようにスマホを取り出した。

千代ちゃん、京都はスマホ厳禁なんだよ。でも千代ちゃんはフォロワー数も少ないし、いいねもあんまりもらえないから、京都の情報は拡散されないはず。ここがどっちの世界にせよ、周りもあまり気にしていないようだ。

伏見稲荷があっという間に遠くなる。電車に揺られて、ボクはウトウトする。たくさん友達ができて、色んなことができるようになった。ボクは自分で窓を開けて、どこへでも行けるようになったけど、どこにも行かない。ずっと千代ちゃんのそばにいる。

ずっとそばにいる。

本書は書き下ろしです。

本作品はフィクションです。実在の個人・団体・施設等とは一切関係ありません。

（編集部）

実業之日本社文庫　好評既刊

阿川大樹
終電の神様

通勤電車の緊急停止で、それぞれの場所へ向かう乗客の人生が動き出す――読めばあたたかな涙と希望が湧いてくる、感動のヒューマンミステリー。

あ13 1

阿川大樹
終電の神様　始発のアフターファイブ

ベストセラー『終電の神様』待望の書き下ろし続編！終電が去り始発を待つ街に訪れる5つの奇跡を、温かな筆致で描くハートウォーミング・ストーリー。

あ13 2

阿川大樹
終電の神様　台風の夜に

ターミナルの駅員、当直明けの外科医、結婚式を予定しているカップル――台風で鉄道が止まる一夜、それぞれの運命が動き出す。感動のベストセラー新作！

あ13 3

阿川大樹
終電の神様　殺し屋の夜

反対方向の終電に飛び乗ったエンジニア、終電で赤子を捨てに行く女性――運命も罪も、終電が変えていく。累計五十万部突破のシリーズ待望の第四作。

あ13 4

相澤りょう
ねこあつめの家

スランプに落ちた作家・佐久本勝は、小さな町の一軒家で新たな生活を始めるが、一匹の三毛猫が現れて……人気アプリから生まれた癒しのドラマ。映画化。

あ14 1

実業之日本社文庫　好評既刊

実業之日本社文庫 い21 1

にゃんずトラベラー かわいい猫には旅をさせよ

2024年12月15日 初版第1刷発行

著 者 石田 祥

発行者 岩野裕一
発行所 株式会社実業之日本社
〒107-0062 東京都港区南青山6-6-22 emergence 2
電話 [編集]03(6809)0473 [販売]03(6809)0495
ホームページ https://www.j-n.co.jp/
DTP ラッシュ
印刷所 中央精版印刷株式会社
製本所 中央精版印刷株式会社

フォーマットデザイン 鈴木正道(Suzuki Design)

ISBN978-4-408-55919-3（第二文芸）